나에게
맞는 삶을 가꿉니다

나에게
맞는 삶을 가꿉니다

소형 지음

뜨인돌

차례

프롤로그 ◆ 8

마이 홈 평면도 ◆ 12

1장

물건의 자리, 나의 자리 만들기

꿈꾸는 대로 이루어진다더니 ◆ 16

시작은 취미에서 ◆ 21

정리 수납 전문가 ◆ 26

버리지 못하는 이유 ◆ 29

최소한의 삶 ◆ 34

선택의 기준은 나 ◆ 38

물건의 자리 ◆ 43

해도 티 안 나는데 안 하면 티 나는 것 ◆ 49

집에서는 왜 게을러질까? ◆ 55

2장
심심하고 건강한 루틴 만들기

사소한 습관의 위력 ◆ 60

매일 조금씩 청소하기 ◆ 64

가전제품 점검하기 ◆ 68

정리 정돈을 해 보자 ① ◆ 74

정리 정돈을 해 보자 ② ◆ 78

내 방식대로 내 생각대로 ◆ 82

내 맘대로 이불 정리 ◆ 86

나를 위한 실내복 찾기 ◆ 91

고민 없는 사계절 코디 ◆ 94

가방 속 물건들 ◆ 100

주방 살림 점검하기 ◆ 104

싱크대 정리하기 ◆ 107

상부장 정리하기 ◆ 111

하부장 정리하기 ◆ 115

살림에는 약간의 동심이 필요해 ◆ 119

빠르고 간단한 장보기 ◆ 122

오랜 자취러의 식생활 ◆ 125

냉장고 관리하기 ① ◆ 131

냉장고 관리하기 ② ◆ 134

음식물 쓰레기 처리하기 ◆ 137

욕실 정리와 청소 ◆ 142

종이 쓰레기통을 접어 보자! ◆ 145

책방 구경하기 ◆ 150

집구석 여행하기 ◆ 154

즐거운 여름 나기 ◆ 156

월동 준비 ◆ 159

3장

삶에 의미 부여하기

한번 뒤돌아보기 ◆ 166

시각 쉬게 하기 ◆ 170

집에 가지고 들어가지 않는 것 ◆ 174

초록이 키우기 ◆ 177

나를 행복하게 하는 것 ◆ 182

간소한 돈 관리 방법 ◆ 186

시행착오의 연속 ◆ 188

루틴의 중요성 ◆ 194

모닝 페이지 쓰기 ◆ 199

오감 깨우기 ◆ 205

더 자세히 더 오래 애정을 가지고 보기 ◆ 211

소리에 귀 기울여 보기 ◆ 214

좋아하는 냄새를 찾아서 ◆ 218

과정과 끝에 집중하기 ◆ 221

삶에 의미를 부여하는 방법 ◆ 226

건강한 INFP로 살아가기 ① ◆ 230

건강한 INFP로 살아가기 ② ◆ 234

건강한 INFP로 살아가기 ③ ◆ 238

롤모델은 필요 없잖아 ◆ 246

에필로그 ◆ 252

프롤로그

1000만 원만 쓰고 다시 일하자는 생각으로 직장을 그만둔 것이 2019년 10월입니다. 그때는 입시 미술 학원에서 일했는데, 매년 반복되는 입시 스트레스에 마음이 지쳐 있었어. 교사는 독특한 직업이에요. 타인의 성공과 실패에서 희로애락을 느끼는 직업이라 온갖 감정을 다 느끼지만, 엄밀히 말하면 자기 삶의 변화로 느끼는 감정은 아니지요. 그런 시간이 길어지면서 나를 잃고 있다는 기분도 들었던 것 같아요. 직장을 그만둔 것은 이번이 처음이 아니에요. 예전에는 직장을 그만두고 프리랜서 일러스트레이터로 생활했었지요. 하지만 오래가지 못했어요. 그때 저를 힘들게 했던 것은 고정 수익이 없고 미래가 불투명하다는 데서 오는 불안감이 아니라 생활의 불규칙함이었어요. 프리랜서 생활은 자유로웠지만 제약이 없으니 그만큼 게을러지고 밤낮이 바뀌기 일쑤였죠.

그 경험을 바탕으로 다시 직장을 그만두기에 앞서 가장 중요하게 생각했던 것은 '자기 통제력'이었어요. 그래서 그만두기 전 몇 개월 동안 생활을 지탱해 줄 핵심 습관을 만들기 시작했죠. 제가 실천한 것은 이렇습니다. 1. 일찍 일어난다. 2. 스케줄러를 쓴다. 3. 운동을 한다. 4. 일기를 쓴다. 네 가지 습관이 어느 정도 형성되었을 때 직장을 그만두었죠. 규칙적으로 생활하며 도서관에 다니고 저녁에는 운동을 하며 보내던 중 코로

나19가 터져 꼼짝없이 집에 갇히게 되었습니다.

　스물한 살에 처음 자취를 시작했을 때 제 꿈은 평생 내 방이 있는 삶을 살고 싶다는 것이었어요. 별거 아닌 것 같지만 저희 부모님만 봐도 자신의 방은 없습니다. 안방 또는 거실 또는 주방이라는 공간이 있을 뿐이지요. 내 방을 가지는 삶이라는 바람에는, 방해받고 싶지 않을 때 사용할 수 있는 공간과 혼자만의 시간을 평생 가지고 싶다는 아주 원대한 꿈이 들어 있습니다.

　이처럼 나만의 공간에 애정을 가지고 있는 저인데, 집 안에 고립되는 시간이 길어지자 알게 되었습니다. 실은 나의 공간과 그리 친하지 않다는 것을요. 집에도 책상이 있지만 일을 하거나 책을 읽을 때 집에서는 도통 손에 잡히지 않는다며 도서관이나 카페로 향하곤 했거든요. 일과 놀이, 살림이라는 노동의 경계가 없는 집에서는 집중하기 어려웠고 편히 휴식할 수도 없었어요. 그동안 제 삶을 컨트롤하고 생활을 유지한 게 제 의지력이 아닌 주변 환경의 도움이라는 사실을 알게 되었지요.

　코로나로 집 안에 있는 시간이 길어지면서 집의 기능을 재인식하게 된 것 같아요. 밖에서 사람을 만나는 시간이 줄어들고 집 안에서 자신을 만나는 시간이 길어지며 사회인이 아닌 개인으로서의 나를 정의할 말도 필요해졌어요. 관계와 직책으로 설명되지 않는 나는 어떤 성향과 기질을 가진 사람일까? 우선 나를 알아야 나에게 맞게 공간을 가꿀 수 있고, 그 공간에서 어떻게 효율적으로 시간을 보낼 수 있는지도 알게 될 테니까요.

　이 책은 코로나가 한창이던 2020년 4월부터 블로그에 연재한 그림 일기를 엮은 것입니다. 여기에는 직장을 그만두고 자신과의 대화를 통해 내 성향을 알아가는 과정, 규칙적인 생활 루틴을 만들려는 노력, 집을 일할 수 있고 때로는 쉴 수 있는 공간으로 가꾸고 정돈하며 내 공간과 친해지는 과정이 담겨 있습니다. 책에서 소개하는 개인적인 자취 팁들은 멋있거나 세련되어서 동경하게 되는 것들이 아닙니다. 나를 쉬게 하고, 먹이고, 입히고, 살리고, 집을 정리 정돈하는 이야기입니다. 따라서 이 책에서 이야기하는 삶의 방식들이 누구에게나 맞는 것은 아닙니다. 제가 저를 탐구해 가는 이 과정이 당신에게 어울리는 생활 방식과 루틴을 생각해 보는 작은 계기가 되었으면 좋겠습니다.

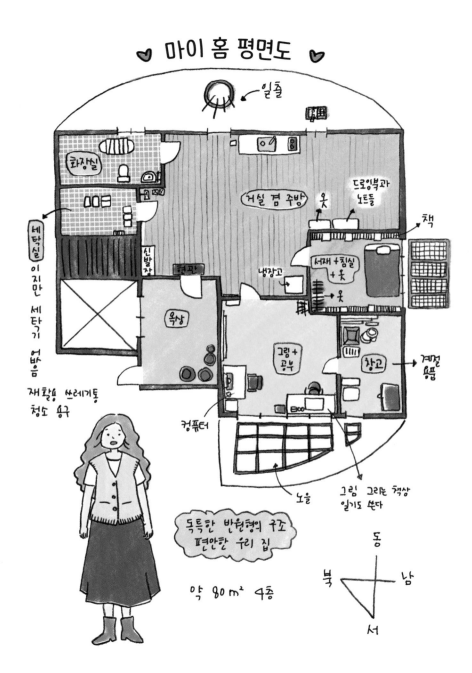

내 영혼의
안식처

　내 집은 좋은 집은 아니다. 보증금 1000만 원에 관리비 포함 월세가 26만 5000원인 연식이 오래된 집이다. 이 허름한 집을 처음 봤을 때 오래 비어 있던 느낌이 들었다. 갈색 싱크대는 시트지가 떨어져 나간 데다 유치한 꽃 모양 데코 스티커가 붙어 있었다. 여러 번 여닫은 탓에 상부장 오른쪽 문은 왼쪽 문에 의지한 모양새로 비스듬하게 기울어져 있었다. 큰방에 편 돗자리 위에서는 고사리가 말라 가고 있었는데, 이 갈색 고사리는 직방 앱의 미리보기용 사진에도 그대로 찍혀 있어서 집주인이 집을 세놓는 것에 그리 적극적이지 않은 느낌을 주었다. 엄마는 이 집을 보고 "그런 집에 너 같은 애 말고 누가 살겠니?"라며 집과 나를 동시에 디스하셨다. '너 같은 애'라는 건 엄마가 생각하는 나의 몽상가적 기질을 에둘러 표현하는 말이다.

　하지만 나는 이 집을 보는 순간 "무언가를 있는 그대로의 모습으로 보지 말고 바꾸고 싶은 모습으로 보라"라는 말을 떠올렸다. 황금색 햇빛이 가득 들어오는 서향의 커다란 창을 보며 머릿속에서 어떻게 하면 이 집을 멋지게 바꿀 수 있을지 구상이 펼쳐졌다.

1장

물건의 자리,
나의 자리 만들기

꿈꾸는 대로 이루어진다더니

어릴 때부터 공주 이야기보다 어려움을 극복하는 씩씩한
여주인공이 나오는 이야기를 좋아했다.
신데렐라, 백설 공주, 잠자는 숲속의 공주는 흥미가 별로 없었지만
소공녀, 알프스 소녀 하이디, 빨간 머리 앤은 좋아했다.

드레스 보다는   에이프런과   밀짚모자

유리 구두 보다는   나막신

파티 음식보다는

건더기 없는 수프

소풍 도시락

딱딱해서 얇게 썰어 먹는
검은 빵과 치즈

반짝이는 성보다는

다락방

좋아하는 주인공들 특징이 전부 다락방에 산다.(아니면 옥탑방)

앤과 다이애나, 소공녀와 베키,
하이디와 클라라

왕자님보다는 친구

꿈꾸는 대로 이루어진다더니…
진짜 이루어지냐고…

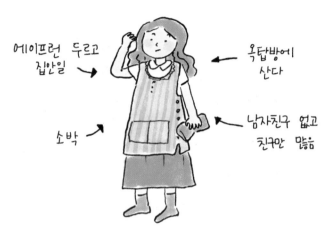

에이프런 두르고
집안일

옥탑방에
산다

소박

남자친구 없고
친구만 많음

나쁘지 않지만 … ^^

간접 경험이
직접 경험이
되도록

『애니메이션은 나에게 꿈꿀 자유를 주었다』라는 책이 있다. 대학 시절 전공 책으로, 애니메이션의 역사를 작품과 함께 서술한 책인데 제목이 주는 영감이 있었다. 애니메이션 안에서는 무엇이든 가능하다. 곰이 말을 하고, 코끼리가 하늘을 날고, 쥐가 노래를 하지만 전혀 이상할 것 없는 세계가 애니메이션이다. 뭐든지 가능하다는 장르의 특성은 상상의 자유를 증폭시켰다. 애니메이션을 기획할 때면 나는 기막힌 능력을 가진 주인공을 설정하고 신기한 세계를 탐험할 수 있었다.

하지만 내 삶의 주인공은 그렇지 못했다. 대학 시절 우리 집은 여유롭지 못했다. 나는 『치즈 인 더 트랩』의 홍설마냥 장학금을 타기 위해 수업과 과제에 매달렸고, 용돈을 벌기 위해 아르바이트를 하며 피곤에 찌든 하루하루를 보냈다. 학교 친구들은 비교적 여유로운 아이들이 많았다. 방학이면 해외여행과 어학연수를 계획했고, 졸업하면 유학을 생각했다. 하지만 나는 해외여행을 꿈꾸지도 유학을 바라지도 않았다. 실현할 돈이 없으니 생각조차 하지 않았던 것이다. 그들의 빛나는 캠퍼스 라이프와 나 자신을 비교하며 초라함만 곱씹었다. 지금 생각하면 그것이 가장 후회된다. 적어도 꿈꿀 자유는 누구에게나 있는 것이다. 통제된 여건이 머릿속까지 지배하게 두지 말았어야 했다.

어릴 적 간접 경험은 대부분 책 속의 주인공과 동일시하며 이루어졌다. 신기하게도 나는 어린 시절 동경하던 주인공들과 닮은 삶을 살고 있다. 상상은 결국 현실이 되고 동경하는 것은 어떤 형태로든 이루어지는 게 사실인지도 모르겠다. 그러니 지금 미래를 꿈꾼다면 애니메이션을 구상하듯 현재가 가진 한계점을 지워 버리고 싶다. 이상적인 내가 뛰놀 수 있는 상상의 미래를 구축해 그 세계 속에서 근사한 간접 경험을 하고 내려오고 싶다. 또 아는가. 지금의 내가 어린 시절 동경하던 삶과 닮았듯 지금의 상상이 이루어진 미래가 존재하게 될지. 그리고 그 현실에 내가 있을지.

시작은 취미에서

정리 컨설팅을 꽤 자주 다니고 있다.
아마도 〈신박한 정리〉라는 프로그램 덕인듯…

> TV가 없어
> 본 적이 없다.

엄마→ 깔깔깔!

> 내일
> 정리하러
> 가는데
> …

엄마는 아직도 내가 정리 수납 일을 하러
간다고 하면 폭소를 터진다.
정리를 못 해서 정신없는 방에서 살던 내가
정리를 싹! 하고 단정한 공간에서 생활하는 것도
신기한데 다른 집까지 정리해 주러 간다니
신기한가 보다.

> 사람은
> 변할 수 있어.
> 너 변한 거 봐!

> …

처음 정리를 배운 건 책을 통해서였다.

인생이 빛나는 정리의 마법

이사를 하면서 이삿짐 정리를
어떻게 할까 고민하다 빌려 본 책이다.

늘 학생일 때가
좋아

책은 전문가가 쓰니까
잘 못하는 게 있으면
책을 찾아보고
따라해 보세.

실용서를 좋아함

직업의 존재를 알게 됨

곤도 마리에 라는 일본의 정리 컨설턴트가 쓴 책인데
단순히 '정리법'에 대해 설명하는 것을 넘어
정말 정리를 하고 싶게 만드는 책이다.

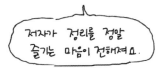

저자가 정리를 정말
즐기는 마음이 전해져요.

혼자 정리해 보며 정리에 슬슬 재미를
붙여 갈 때 즈음. 대전 시민 대학이 개강했다.

뭘 들어 볼까~

10주에 5만 원
정말 싸고
강좌 퀄리티가
좋다.

오! 정리 수납 전문가
자격증 2급 수업
들어 볼까?

2급 수업을 들으면 자기 집을 잘 정리할 수 있다.

정말 즐겁게 들었던
10주 수업 마지막 날

2급 자격증
시험 보실 분?
시험 쉬워요.

해 보자!

저요!

다들 자격증 시험을
볼 줄 알았는데 20명 중에서
시험을 볼 사람은 2명뿐이었다.

2급 자격증은 15시간 수업 이수 후 필기 시험만 보면 된다.

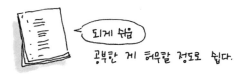

공부한 게 허무할 정도로 쉽다.

2급을 따고 생활하던 어느 날
강사 선생님에게 연락이 온다.

1급 자격증은 이론 수업 12시간, 실습 35시간 (팀원의 집을 정리하는 실습)
PPT 발표와 자격증 시험으로 이루어진다. (총 비용은 50만 원 정도)

정리 후 실습 일지 작성   PPT 발표

이 과정에서 정리 컨설팅 견적을 내는 방법과
전문가로서의 마음가짐과 태도를 배운다.

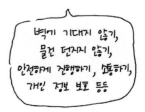

하지만 자격증을 따고
정리 수납 일을 계속하는 사람은
많지 않다고 해요.
정리에 소명감과 애정이 있어야
할 수 있는 일이지요.

정리 수납 전문가

정리 수납 전문가를 동경해서 정리 수납 전문가 1급과 2급 자격증을 땄다.
1급을 따면 다른 사람의 집을 정리하는 일을 할 수 있다.

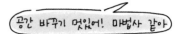

공간 바꾸기 멋있어! 마법사 같아

브잇!

정리 수납 팀장님의 부름을 받고
정리 수납을 신청한 고객의 집으로 출동!
나도 자격증 따고 처음 해 보는
진짜 일이라 좀 긴장되었다.

선생님 세 분과 출발!

정리에 필요한 도구들

깔개 2개
(샤워 커튼)

가위 네임펜 자 칼 졸자

지퍼백 (대) (중) (소) (미니)

갈아입을 흰 티 장갑 덧신 (서빙화) 앞치마

기대 반 걱정 반
떨림 반 설렘 반

- - - 정리 과정 생략 - - -

27

정리 일을 마치고 집에 돌아와서

땀에 전 몸을 씻고 땀으로 축축해진 옷을 빨고
피곤에 지친 몸을 눕히고 쉬기

에어컨
바람

좋아하는 일을 하고 느끼는
달콤한 피로!

정리를 마치고 깔끔하게
정돈된 공간을 보면
굉장히 뿌듯해진다.

몸을 움직이며 하는 일도
책상 앞에서 하는 일과는
또 다르다.
명확함에서 오는 담백하고
상쾌한 기쁨이 있다.

내일로 이어지지 않고 하루에 끝나는 일!

매력
포인트

호기심으로 시작했지만
정말 멋진 정리 수납 전문가가 되고 싶어져요. ♡

버리지 못하는 이유

정리 수납 컨설팅을 갔다.
(나의 컨설팅 복장)

마스크

실핀

위생♡
머리망

흰 티

장갑

앞치마

검정 바지

덧신

수납 도구

바구니
옷걸이
라벨
고리 등등

정리 수납 일을 하다 보면 정리 신청을 결심한
고객님들의 사연이 흥미롭다. 공감되기도 하고.

이사 했는데
엄마 혼자
정리하기
힘드실 것 같아서
신청했어요.

효녀

큰 집으로 이사하려다가
동네가 좋아서
그냥 정리하고
살아 보려고요.

아들
진학하기도
좋고요

정리가 안 되는데
한 번 해 두면
유지는 할 수
있을 것 같아서요.

집을 팔아야
하는데
정리를 해야
잘 나갈 것 같아서요.

정리가 안 되는 이유는 공간에 비해 물건이 많아서다.
물건이 많은 맥시멀리스트들은 물건을 버리기 힘들어한다.
그리고 물건이 많으면 물건을 찾기 힘들어서
또 사게 되어 물건이 늘어나는 악순환이 생긴다.
(가위가 10개나 된다거나 손톱깎이가 7개나 된다거나 등등)

하얀색 티셔츠가 몇 벌인지　　　티셔츠, 니트, 셔츠, 블라우스,
검정색 티셔츠가 몇 벌인지　　　　상의가 200벌이면
　　　　　　　　　　　　　　　하루에 하나씩 입어도 200일.

흰 티만 20벌???!

비슷한 물건은
제일 마음에 드는 몇 개만
남기고 비워요~♡

패션에 관심이
많으면 버리기 힘들어요.
꼭 1년에 한 번씩
입고 싶은 옷이 있거든…

예전에는 패션에
관심이 많았음

하지만 정리할 때
옷이 많으면 즐겁다.

♪

여자
팬티 개는 거
재미있어!

옷 개는 걸
좋아함♡

정리해
두면 엄청
이쁘다

31

못 버리는 이유

① 필요할 것 같아서 불안해요

돈만 있으면 바로 살 수 있어요.
마트를 우리 집 창고라고
생각하세요.

② 비싼 거라 아까워요

모든 물건은 구입한 순간부터
소모품이라고 생각하세요.
잘 소모시키고
버려 주세요.

③ 추억이 있는 물건인데...

과거보다 현재의
쾌적한 삶이 더 중요합니다.
과거의 물건 때문에 (사진 찍고)
집 안이 답답하면 버리세요.

막상 버리려고 하면 이런 생각도 든다.

이렇게
많이 버리면
환경 오염이...

우리 집도 지구 환경의 일부입니다.
심지어 가장 소중한 내가 사는 환경!

분리해서 재활용으로 배출하고
다음에 살 때 신중하게 구매해요 ~♡

비싼 집을 창고로
쓰지 말아요.

최소한의 삶

사각 반찬 접시

넓은 접시

면그릇

국그릇   밥그릇

컵

그릇은 용도별로 하나씩
+ 손님용 2개

교복 같은 스리피스 옷 스타일

o 티셔츠
o 조끼
o 치마 또는 바지

하나를 사면
하나를 비워요.

미니멀 라이프의 장점

· 물건 사는 시간 절약
· 물건 관리하는 시간 절약
· 집안일이 쉬워짐
· 돈이 절약됨
· 홀가분한 기분
· 현재에 집중하게 됨

비울수록
채워지는 원리

나는 사실 미니멀과는 거리가 먼 성격이다. 조금만 방심하면 물건이 늘어나고 뭐든 손에 잡히는 곳에 늘어놓는다. 그런 내가 미니멀리스트에 대해 알게 된 건 몇 년 전이었다. 곤도 마리에의 책 『인생이 빛나는 정리의 마법』을 보고 정리는 비우는 게 먼저라는 말이 가슴에 남았다. 연관 검색어에 이끌려 미니멀리스트가 쓴 책들을 몇 권 기웃거려 보기도 했다. 그걸 보면서도 '오… 좋은데. 나도 비워 볼까?' 하는 생각은 했지만 특별히 행동으로 옮기는 일은 없었다.

그러던 중 할머니가 병원에 입원하셔서 간병을 하게 되었다. 전시 준비를 하던 때라 그림도 병원에서 그렸다. 커튼으로 구획된 작은 한 평짜리 공간에 이불, 물컵, 물통, 칫솔, 치약, 샴푸, 린스, 비누, 수건, 책 한 권, 팔레트, 붓, 반찬과 얼린 밥, 슬리퍼, 옷가지, 휴지, 휴대폰과 충전기 정도가 사용하는 물건의 전부였다. 신기하게도 그것만으로 충분히 살아졌다. 아니, 오히려 해방감에 가까운 홀가분함을 느꼈다. 집을 포함해 내 관리를 요구하며 시간을 빼앗아 가던 물건들과 흥미를 끌며 해야 할 일을 미루게 하던 물건들이 없어진 것이다. 생각해 보면 90세 우리 할머니가 소유한 물건은 가방 3개 안에 모두 들어가는 양이었다. 그런 할머니를 보며 죽으면 필요 없어지는 게 물건인데 남과 가진 것을 비교하며 더 좋은 물건을 더 많이 소유하려 하는 게 무의미하게 느껴졌다. 병원에서 한 달을 보내며 생각이 많이 변했지만 결정적인 행동의 계기가 된 건 이사였다. 이사를 계기로 나는 '오늘부터 미니멀'을 선언하며 물건을 줄여 나가기 시작했다.

미니멀라이프를 실천하며 깨달은 건 '나는 사실 부자가 되고 싶지 않다'는 것이다. 미니멀리스트는 최소한의 삶을 추구한다. 물건이 없어도 행복한 사람들. 아니, 물건이 없어서 행복한 사람들이다. 종교 서적 속 현자들은 하나같이 소유에 집착하면 불행해진다고 말하지만 현실에서는 그렇지 않다. 불행하지 않으려면 더 많이 소유하라고 협박한다. 하지만 미니멀라이프가 유행하며 '가진 게 없다=불행하다'의 공식이 깨졌다. 미니멀 열풍은 가난하고 싶은 자에게 가난할 자유를 주었다. '부자를 꿈꾸지 않는 사람이 어딨어?'라고 생각하겠지만 의외로 있을 것이다. 더 많이 소유한다는 건 물건에 더 많은 시간과 노력을 쏟는다는 것이다. 한정된 시간과 에너지를 물건을 축적하고 관리하는 데 쏟으니 정작 시간과 노력을 기울여야 할 나라는 존재를 챙길 여력이 없어진다.

이제부터라도 나라는 존재를 챙겨 보고 싶다. 능력을 키우는 데 시간과 에너지를 쓰고 내 안의 것을 꺼내 무언가를 만들어 보는 것이다. 글을 써도 좋고, 그림을 그려도 좋고, 요리를 해도 좋다. 존재를 소멸시키는 소비 루틴에서 벗어나 존재를 강화시키는 생산의 루틴을 만들자. 매대 가판대에 올려진 대중의 취향으로 만들어진 물건은 나를 채워 주지 못한다. 순간은 기분 좋게 해 주겠지만 시간이 지나면 버려질 뿐이다. 오로지 내 안의 것으로 무언가를 만들어 내는 과정만이 나를 가득 채울 수 있다. 그것이 비울수록 채워지는 원리이다.

선택의 기준은 나

왜 해야 하는지 의미를 찾지 못하면 안 하는 성격이라
학창 시절 성적은 하위권이었다. 고3이 되고 나서야 뒤늦게 시작한 공부.

그래서 선택한 방식은

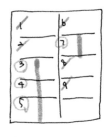
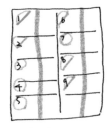

모의
고사
시험
문제집
→

많이 틀린다

맞은 문제에는 빨간
색연필로 세로줄

틀린 문제를 완전히
이해했다는 느낌이 들면
세로줄로 연결한다

앞뒤로
세로줄이 다
그어지면
찢어 버리기!

너덜너덜

혹시 기억 못 하면
어쩌지?
의심하지 않고
찢어 버린다.

짝!

신난다!

갈수록 가벼워지는
문제집,
적어지는 부당감.

문제집을 찢어 버리는 것은 꽤 용기가 필요하다.
그 문제를 알고 있다는 확신이 있어야 한다.
하지만 의심을 계속 남겨 두면 나에게 진짜 중요한
모르는 문제에 집중할 수 없게 된다.

자신을 계속 의심할 것인지 확신을 가질 것인지는
선택에 달려 있다.

나의 결정을 믿겠어!

물건을 비우는 과정도
마찬가지다.

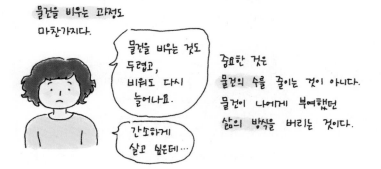

물건을 비우는 것도
두렵고,
비워도 다시
늘어나요.

간소하게
살고 싶은데…

중요한 것은
물건의 수를 줄이는 것이 아니다.
물건이 나에게 부여했던
삶의 방식을 버리는 것이다.

지금 나에게 가장
어울리는 삶의 방식을
담은 물건을 남기고

비우자!

다시는 스키니진을
입지도 사지도
않겠어!

몸에 편한
적당한 핏의
옷을 입는
삶을 살아야지!

이제
짧은 치마는 앞으로
안 입을 거야!
안 살 거야!

가벼운 대걸레   편한 청소기

둘 다 용도는 같은데…
나는 앞으로 어떤
방식으로 청소를 할까?

내가 선택한 삶의 방식을 확신을 가지고 밀고 나갈 것.

소중한 것을 키우고 보살피는 생활

〈TED〉나 〈세상을 바꾸는 시간〉 강연이 높은 조회수를 기록하고, 많은 사람이 성공한 사람에게 조언을 구한다. 나 역시 자주 찾아본다. 인생의 방향을 결정하면서 갈피를 못 잡기 때문이다. 이상을 택할지 현실을 택할지가 항상 갈등의 이유인데, 그럴 때는 '나로 살기'를 택하면 현실적이기도 하고 이상적이기도 하다. 선택의 기준을 내가 욕망하는 것으로 잡는 거다.

종이 한 장에 아주 어릴 때부터 인상적으로 남아 있는 기억들을 전부 써 본 적이 있다. 내 경우는 이렇다. 일곱 살 무렵에 48색 왕자 파스를 선물 받은 날. 그 안에는 처음 보는 금색, 은색, 에메랄드색, 연보라색 크레파스가 들어 있었다. 그것들을 얼마나 아껴서 썼던지, 길이가 짧아진 크레파스의 종이 껍질을 아쉬워하며 찢던 기억이 선명하다. 또 이모가 언니의 그림 일기를 대신 그려 주는 것을 본 기억이 있다. 겨울 방학이었는데, 산타와 양말을 귀엽게 그려 주는 것을 보며 질투가 났다. 또 달력 뒷장과 책 표지 안쪽에 붙은 면지에다 그림을 그리는 나를 위해 아빠가 몇 백 장의 갱지 묶음을 사다 주신 적이 있다. 마음속에 드넓은 광장이 펼쳐지는 해방감을 느꼈다. 또 미술 학원 선생님이 너는 왜 초등학생들이 오는 시간에 안 오고 중학생들이 오는 시간에 오냐고 말한 기억이 있다. 사실 나는 상상화보다는 중학생 언니들과 정물화를 그리고 싶었다. 언니들처럼 어서 잘 그리고 싶었기 때문이다.

돌이켜 보면 감정이 섞인 기억의 80퍼센트는 그림과 관련된 기억이다. 시간이 흐르면 무감동한 기억은 사라지고 감정이 섞인 기억만 생생하게 남는다. 그러고 보니 내게는 멋진 관광지에서 놀았던 기억보다 10센티미터 노트에 후추병을 그리던 기억이 생생했다. 그림이 감정을 쥐고 있었기 때문이다. 감정을 자극하는 것은 욕망하는 것이다. 벅찬 기쁨을 느꼈던 순간, 상실감을 느꼈던 순간, 질투를 느꼈던 순간, 뿌듯했던 순간 등등. 감정을 자극했던 상황들이 무엇과 연결되어 있는가? 사람인가? 사물인가? 좋아하는 행위인가? 내 영혼에 빛이 비추었던 순간이 언제인지 살펴보자. 영혼이 반응했던 순간들만 컬러풀한 기억으로 남는다. 그러니 빛이 바랜 듯한 일상을 총천연색으로 만들어 주는 것을 찾아보자. 그것이 자신에게 소중한 것이다. 소중한 것을 알고 난 뒤에는 그것을 키우고 보살피는 생활을 꾸리면 된다.

물건의 자리

나는 예전에는 정리 정돈을 잘 못했다.

정리해도 금방 어질러지는데 정리해야 하나?

정리 못하는 성격인가 봐…

끼 없는 성격 탓을 하는 나에게 엄마는

제자리에 둬야 안 어질러지지!

제자리가 어딘데? 비밀이야?

물건들의 자리는 엄마만 완벽하게 알고 있는 신비한 것이 있다.
(내가 못 찾는 걸 엄마는 한 번에 찾아낸다.)

물건도 사랑과 비슷하다.
지하철에 탄
사람들처럼

자리에 잘 앉거나
서 있으면
정리가 저절로
되지만

타고 내리기 편해♬♬

차라리
마트가 편했어…

아니,
자리가
없다고.

물건의 양에 비해
자리가 적으면
정리가 안 되고 어수선하다.

내가 말을 못 하니
참는다…

뒤에 있는 애 나오려면
앞에 애들 다 내렸다
다시 타야 해!

데면데면...

반면 물건이 적어도
물건의 자리가 없으면 뭔가
어수선하다.

한쪽에 모여 있으면
깔끔해 보일까?

그래 밟자
뺄 때 다 흩어져.

지하철에 자리가 나면 앉고 싶은 것처럼
물건에도 자리를 마련해 주면
그 자리에 두고 싶은 마음이 생긴다.

정리됨 ♥

우리 집 물건의 자리들

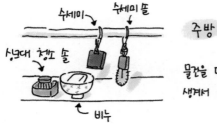

수세미   수세미 솔

싱크대 청소 솔

비누

주방

(빈 그릇이나 빈 접게)
물건을 다른 곳에 두면 빈자리가
생겨서 원래 있던 곳에 두고 싶어진다.

45

충전 겁

잘 때

침대 옆 자기 전 그릇

자기 전에 안경, 휴대폰, 머리 고무줄 등을 넣어 둔다.
아침에 찾을 필요가 없다.

평소

충전기나 작은 화분가 들어 있다.
수납장 안에 있다가 자기 전에 나온다.

간식 바구니

먹다 남은 간식을 넣어 둔다.

수경 재배 아이비

↖ 티코스터

티코스터

항상 책상 위에 놓는다.

초

→ 이 빠진 그릇

물건의 자리를 만들어 넣세요~

만약
정리가 안 된다면···

물건의 자리
나의 자리

　날이 따뜻해져서 집 안의 티코스터를 싹 바꾸었다. 괜스레 맘이 스산해지는 겨울에는 손에 찬 것이 닿으면 체온을 빼앗겨서 그런지 움츠러든다. 그래서 폭신한 털실로 두툼하게 엮어 만든 티코스터를 쓰다가 봄을 맞이하면서 가벼운 나무와 얇은 천으로 된 것을 여러 개 꺼냈다. 이 티코스터는 물건의 지정석을 만들어 줄 때도 쓴다. 수경 재배 식물을 키우는 유리잔 아래에 깔면 젖은 잔의 물기를 흡수시킨다. 피우는 향을 꽂는 그릇과 향초 아래에도 깔았다.

　이리저리 돌아다니기 쉬운 물건의 자리를 정해 주면 정리가 훨씬 쉬워진다. 여럿이 함께 쓰는 공간을 정리하려면 자리는 더 중요해진다. 만약 주차장에 하얀 선이 없다면 차들이 얼마나 엉망으로 주차될까? 하얀 선을 그려 주는 것만으로 말 한 번 섞어 본 적이 없는 사람들이 전부 통일된 정리 규칙을 갖게 되었다. 정리 규칙을 가지려면 물건을 치워도 빈자리를 두는 게 좋다. 그래서 물건을 쌓아 두는 것은 좋지 않다. 한 자리에 물건 하나씩 자리를 만들어 주는 방식은 다양하다. 칸막이 수납 도구를 사용할 수도 있다. 벽에 박힌 못도 물건의 자리를 표시하는 역할을 한다. 여기저기 돌아다니는 리모컨을 놓아 두는 자리를 탁자 유리 아래에 종이테이프를 붙여서 표시해 줄 수도 있다. 아직 글을 모르는 아이들에게도 통하는 직관적인 방법인데, 책에 빨강색이나 노랑색 스티커를 붙여 주고 책장에도 같은 색의 종이테이프를 붙여 주면 색에 맞춰 정리하기 때문에 누가 정리해도 같은 자리에 같은 물건이 놓이게 된다. 서랍을 뒤적일 때 이리저리 치이던 물건에게 자리를 주면 물건은 기뻐한다. 제자리에서, 가진 기능을 끝까지 발휘한다.

우리들도 마찬가지다. 활약하고 싶다면 내 자리를 확고하게 만들어 두어야 한다. 나다움을 먼저 만들고 자리를 비워야 그 자리가 대체 불가능한 빈자리가 된다. 하지만 자신을 감추거나 상황에 맞춰 내가 아닌 다른 사람을 연기하듯 살면 내가 아는 나와 주변에서 기대하는 내가 달라져 자신의 자리가 점점 사라지고 만다. 심지어 자리를 잃어버리고 나서도 언제 잃어버렸는지 모른다. 어떤 게 진짜 나인지도 모른다. 그런 측면에서 보자면 여행을 가는 이유도 아는 사람이 없는 나라에서 주변을 의식하지 않는 나를 발견하기 위함인지도 모르겠다.

얼마든지 새로운 자아를 찾고 상황에 따라 자신의 캐릭터를 변화시킬 수 있지만 언제든 나다움으로 다시 돌아올 수 있을 만큼의 중력은 만들어야겠다. 그 중력이 강할수록 더 멀리 갔다 돌아올 수 있다.

해도 티 안 나는데 안 하면 티 나는 것

자취방을 오래 비워서 청소를 하기로 했다.
(특히 냉장고 음식)

옷 비우기

음…

일단 전부 뺀다.

→ 쇼핑하듯이 마음에 드는
   순서대로 하나씩 건다.

→ 걸기 망설여지는
   옷은 버릴지 고민한다.

물걸레로 닦기

대걸레질

아 힘들어!

빨래

옷, 베개 커버,
이불, 시트 빨래하기

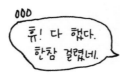

휴! 다 했다.
한참 걸렸네.

- 그대로 -

음… 그런데 변한 건 없군.

티 안 남…

그래서 좋군!

유지야말로 힘든 것…
무언가 유지하고 있다면 잘하고 있는 거예요.

물건의
가치

　예전에는 방에 물건이 가득해서 정리가 되지 않았다. 마음도 공간처럼 어수선했고, 몸은 마음을 닮으려 한다는 게 사실인지 적당히 시름시름했다. 그런 내 삶에 변화가 일어난 것은 정리 습관이 든 이후부터. 전문가들은 핵심 습관으로 독서, 운동, 재테크, 정리 정돈을 꼽는데 이 중에 하나만이라도 습관이 들면 생활에 좋은 변화가 온다고 한다.

　정리를 해도 그 상태를 유지하기가 쉽지 않은데 나는 나름대로 잘 유지하고 있는 편이다. 왜냐하면 물건에 대한 가치관이 바뀌었기 때문이다. 계기는 『어린 왕자』를 읽고 나서부터였다. "네가 나를 기르고 길들이면 우린 서로 떨어질 수 없게 돼. 넌 나에게 이 세상에서 단 하나뿐인 사람이 되고 난 너에게 둘도 없는 친구가 될 테니까."

　이 구절을 접하고 나자 길들여진다는 것이 다정하게 느껴졌다. 그래서 물건에 적극적으로 길들여지려고 했다. 신체는 금방 적응하기 마련인지라 내가 가진 단 하나의 노란 머그컵에 손이 적응했다. 매일 신는 슬리퍼와 매일 두르는 목도리의 감촉에도 적응했다. 마음에 드는 물건 하나를 정해 두고 물건과 내가 서로를 길들이는 것이다. 그러면 그 물건 외에 다른 것들은 낯설어진다. 나를 길들인 유일한 물건이 되는 것이다.

『어린 왕자』에는 이런 구절도 있다. "장미꽃을 그렇게 소중하게 만든 것은 꽃을 위해 네가 소비한 시간이란다." 밥그릇을 씻고 마른행주로 닦고, 책상의 먼지를 털고 걸레로 닦는 무의식적인 일들을 의식적으로 하기 시작했다. 물건에 기꺼이 정성을 들이고 돌보며 소비하는 시간을 인식하려고 했다. 그러자 물건이 더 소중하게 느껴졌다. 물건은 기억을 가진다. 『그릿』이라는 책에 기도하면서 감싸 쥐었던 커피잔을 분석한 실험이 나온다. 커피잔에 든 커피를 분석하자 성분이 본래의 성분보다 몸에 더 좋은 것으로 변했다고 한다. 이처럼 물건을 돌볼 때 마음을 주면 물건은 그 기억을 품고 있다가 나에게 돌려준다. 우리는 서로에게 친절한 사이가 된다. 이러한 면에서 물건은 쓸수록 가치가 떨어지는 것이 아니라 세상에 만들어지는 순간부터 가치를 늘려 가는 것이다. 골동품은 다른 게 아니다. 물건을 소중하게 다룬 사람들의 정성으로 오랜 시간 손상되지 않고 남겨진 것들이다. 어디에나 있는 흔한 물건을 사서 시간을 주고 돌보며 생각한다. '나는 가치를 키우고 있어.'

집에서는 왜 게을러질까?

나는 기본적으로 집순이지만 집에서 모든 것이
가능하게 된 지는 얼마 되지 않는다.

집에서 할 수 있는 것

집에서 할 수 없는 것

자기

먹기

영화 보기
웹 서핑하며
놀기 쉬기

카페로
감 →

일하기

아이디어 발상,
계획하기

도서관
감 →

독서 또는 공부

공원
또는
헬스장

운동

" 왜 집에서는 게을러지고 일이 안 될까? "

크게 축약하면 2가지

① 누군가의 눈치를 보지 않는 환경이기 때문. 함께 일하는 사람이 없어 피해 줄 일이 없으니 안 하게 된다.

② 일하기까지의 준비 과정이 없기 때문.

기상 - 씻기 - 옷 입고 화장하기 - 출근 지하철 타기 - 사무실에서 모닝 커피

그 외 마감이 없음, 스케줄 (오늘 할 양)이 없음, 퇴근이 없음, 밥을 차려 먹어야 함 등등.

이게 일 좀 해 볼까?

근본적

1.

누군가의 눈치를 보지 않는 환경 해결

누군가가 아닌 자신을 위해 일한다. 나의 미래에 피해를 주지 않기 위해 열심히 한다.

이렇게 하는 게 기본이지만 잘 해내지 못해서 자신을 탓하면 자존감만 떨어지지...

현실적

누군가의 눈치를 보는 환경을 만든다.

나는 나를 아니까 일단 이쪽으로...

일단 여기서 연습

✱ 내가 빠질 수 없게끔 그림 모임을 운영한다. 독서 모임을 운영한다. 구독자가 있는 곳에 목표를 올려 책임감을 가진다.

2.

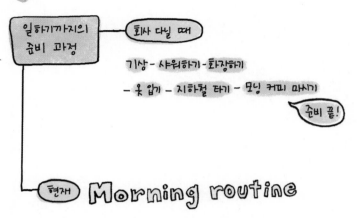

일하기까지의 준비 과정 ──── 회사 다닐 때

기상 - 샤워하기 - 화장하기

- 옷 입기 - 지하철 타기 - 모닝 커피 마시기

준비 끝!

현재 Morning routine

기상 - 이불 개기 - 씻기 - 물 마시기 - 모닝 페이지 쓰기

- 요가하기 - 다이어리 작성하여 스케줄 짜기 - 모닝 커피 마시기

준비 끝!

\ \ / /

직장에서 시키는 일만 해 오던 나.

주입식 교육의 성과!

더 이상 남의 일은 하기 싫고 내 일을 하고 싶다면

계획적인 노력이 필요해.

/ / \ \

2장

심심하고
건강한 루틴 만들기

사소한 습관의 위력

밥 먹으면   바로   설거지하고

얼음을 다 쓰면   바로   얼리고

마지막 재고를 개봉하면
바로 장보기 목록에 적어 두고

유통 기한과
사용 기한
확인해서
버리고

아끼지 말고 잘 쓰고 자주 쓰는 게
결국 가장 아끼는 거구나.

장을 보면
바로 정리하고

포장을 벗기고
한 번 먹을 분량으로
소분

물건은 쓰고 바로 제자리에

나중에
찾지 않기!

머리 감고 에센스 바르고

옷을 벗으면 바로
빨래 통에 넣기

나쁜 습관은 마치 저온 화상 같아서
따뜻하고 기분 좋지만 지속적으로 노출되면
사람을 짓무르게 한다.

일어나면 이불 정리하기.
쓰레기 봉투 차면 바로 내놓기.

이런 아주 작은 습관들이 무너지면 일상이 벗어나고 싶은 혼돈이 된다.
정말 별것 아닌 것 같은 작은 습관들이
일상을 우아하게 유지시켜 준다.

요즘 습관이
미묘하게 어긋나서
일상이 혼돈에
빠졌어요.
ㅋㅋ

매일 조금씩 청소하기

청소를 방치하면 불쾌한 경험을 할 수 있다. 예를 들면

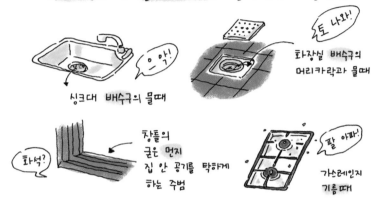

또 나와!

싱크대 배수구의 물때

으 악!

화장실 배수구의 머리카락과 물때

창틀의 굳은 먼지 집 안 공기를 탁하게 하는 주범

화석?

팔 아파!

가스레인지 기름때

오래 방치할수록 청소하기 힘들어지니
매일의 습관 속에 청소를 끼워 넣어야 한다.

아침 양치 후
· 부직포 대걸레
· 주방 바닥 물걸레
샤워 후
· 스퀴즈로 물기 제거
· 배수구 살피기
저녁 양치 후
· 설거지
· 주방 리셋

매일 청소하는 목록!
이것만은
매일 해요.

아침 양치 후 - 부직포 대걸레 / 주방 바닥 물걸레

바닥에 놓인 물건
전부 위로 올리고
밀대 걸레질

 체중계 선풍기

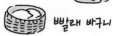 빨래 바구니

거실과 방 2개를 지그재그로
밀면서 청소한다.(약 15분 소요)

대걸레에서 뺀
부직포로 창틀과 걸레받이
대충 닦아 주기!

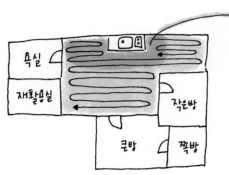

물걸레질은
매일 하지 않는다.
주방과 욕실 주변만
물걸레질

세스키소다수를
뿌리고 대걸레질

샤워 후 - 스퀴즈로 물기 제거 / 배수구 살피기

비누 거품이 남지 않게
물을 뿌려 주고
스퀴즈로 물기를 대충 제거

① 머리카락을 제거하고

② 망을 빼고

③ 만들어 둔 세제볼을 넣고
뜨거운 물 뿌려 주기

→ 다시팩
→ 치약 + 베이킹쏘다 뭉침

④ 분리시켜서
말리기

저녁 양치 후 - 설거지 / 주방 리셋

① 설거지 →

② 세스퀴 소다수 → ③ 행주와 그날 쓴 손수건
뿌려서 싱크대와
가스레인지 닦아 주기

 ④
개수대 배수구에
베이킹소다 쪼금 뿌리고

물 부어 주기

비누와 과탄산소다 넣고
뜨거운 물 부어 두고 자기

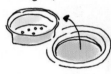

거름망 분리해서
말리기

혼자 살다 보면
더 소홀해지기 쉬운 청소…

눈에 잘 안 보여도
곰팡이나 세균, 먼지, 진드기를 방지하면
건강이 스믈스믈 나빠지니
매일 신경 써요.

가전제품 점검하기

가전제품 전부 꺼내 보기!

 전기 밥솥   3~4인용

돌솥에 밥을 하다가 돌솥이 깨져서…
역시 밥도 큰 밥솥에 해야 맛있다.
3~4인용은 맛이 없게 됨…
다시 돌솥으로 바꿀까 고민 중.

전자레인지
⭐ 자취필수템

밥과 국을 1인분씩 소분해서 냉동해 두기 때문에
해동할 때 꼭 필요하다.

에어프라이어

자취하면
먹기 힘들다는 생선!
냉동 생선을 기름이 튀지 않게
구워 먹을 수 있어 추천!

남은 치킨을 데우기도 좋다.

종이 호일을 오려서 깔아 쓰면
설거지도 쉬움.

전기 포트

있으면 매우 편리함.
커피, 차, 컵라면 물 끓이기,
청소, 짠 요리에 물 추가 등 뜨거운 물이
급하게 필요할 때 좋다.

사실 가전제품은 필요 없다. 선조들은 전기 없이 살았으니까.

미니멀 라이프를
추구하지만
그 정도 고수는 아니라서…

하지만 가스레인지, 팬,
냄비, 주전자로 전부
대체할 수는 있어요.

나는 필요해!

공부방
가전 · 컴퓨터 · 태블릿 · 스캐너, 프린터, 복합기 · 스탠드

그림
일할 때
필요!!

냉장고 · 엄마가 사 줌.

체념

결혼할 때 사 주려고
했는데…
안 할 것 같으니까 그냥 사 줄게.

공기청정기

항상
파랑

전형적인 공포 마케팅에 현혹되어
불안해서 삼.
그래도 장마철과 바람 안 부는 날
공기 정화시키기 좋다.

 여름 선풍기 에어컨

시끄럽고
강함

이건 내 것 아님.
옵션 (종종 물이 떨어짐)

겨울 전기장판 난로

온돌

← 금방 따듯해져서
집에 오래 머물지 않는
사람에게 좋다.

보일러보다 국소 난방을 선호한다.
보일러 거의 안 틈.

청소 물걸레 청소기

있지만 쓰지 않아서 비우려고 생각 중.

비우고 나서 후회 없는 가전제품

세탁기

손빨래한다. 겨울 빨래와 이불은 빨래방 이용.
수건을 가벼운 60g짜리로 바꿔서 손빨래하기 쉽다.

진공청소기

시끄러움 무거움

진공청소기를 비우고 청소가 즐거워졌다.
빗자루로 조용하게 쓸고 대걸레로 먼지 제거.

더 비운다면
이것!

물걸레 청소기,
스탠드,
밥솥, 공기청정기

잘 쓰고 있는 것!

전자레인지,
에어프라이어, 전기포트,
냉장고, 컴퓨터, 프린터,
태블릿, 선풍기,
난로, 전기장판

제가
생각하는

가진 것을 한번쯤 점검해 보는 것도 좋아요.
행복은 부족한 것보다 가진 것에
집중해 보기입니다!

부족하기보다 넘쳐요.

정리 정돈을 해 보자 ①

정리와 수납에 걸리는 시간을 보면

70%   30%

| 정리 (버릴 물건은 버리고 기준을 세워 분류함) | 수납 (정돈) |

이렇게 수납보다 정리가 더 오래 걸린다.

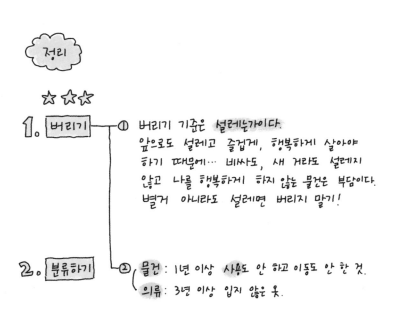

정리

☆ ☆☆

1. 버리기 —— ① 버리기 기준은 설레는가이다.
앞으로도 설레고 즐겁게, 행복하게 살아야
하기 때문에… 비싸도, 새 거라도 설레지
않고 나를 행복하게 하지 않는 물건은 부담이다.
별거 아니라도 설레면 버리지 말기!

2. 분류하기 —— ② 물건 : 1년 이상 사용도 안 하고 이동도 안 한 것.
의류 : 3년 이상 입지 않은 옷.

1. 버리기

남길 것 → 고민되는 것 → 비울 것

남길 것
사랑하는 것, 설레는 것,
지금 좋은 것,
입고 쓸 때 기분 좋은 것
남기기

고민되는 것
상자에 넣고
일단 몇 개월
지켜보고 안 쓰면
비우기

비울 것
설레지 않는 것, 더러운 것,
입고 쓸 때 기분이 다운되는 것,
집에서 입을 옷이라고 보관하지 않기 !!
버리기 기부하기 나눔하기

과거의 추억이 있는 물건 ― 현재에 집중하기 위해 비운다.
예전에 자주 쓰던 물건 ― 지금의 취향을 발전시키기 위해 비운다.
언젠가 쓸 것 같은 물건 ― 지금까지 몇 년을 안 쓴 건 다시 쓸 일이 없다.

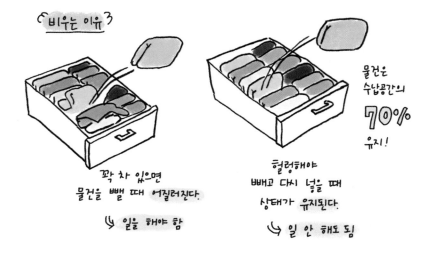

꽉 차 있으면
물건을 뺄 때 어질러진다.

↳ 일을 해야 함

물건은
수납공간의
70%
유지!

헐렁해야
빼고 다시 넣을 때
상태가 유지된다.

↳ 일 안 해도 됨

정리 순서

큰방 정리하고
작은방 정리하고
거실 정리
해야지~

옷이랑 이불 정리하고
책 정리하고
그릇 정리해야지!

물건별로 정리한다!

옷이 제일 먼저 정리하기 좋다.
옷 정리하는 날을 정했다면 일단 모든 방의 옷을 전부 꺼낸다.
걸어 둔 상태로 정리하지 않는다.
세탁기, 건조대, 가방 속 등 전부 뒤져서
전부 꺼내 한 공간에 모은다.

2. 분류하기

아빠 옷 ── 엄마 옷 ── 아이 옷 ⇒ ① 사용자

아우터 / 반팔 / 긴팔 / 셔츠 / 바지 / 속옷 / 양말 ⇒ ② 종류, 계절
모자 / 허리띠 / 머플러

↳ 쇼핑몰 카테고리 참고

다 꺼내서 분류합니다!

버릴 건 바로 봉투에…
눈에 보이면 다시 빼게 됨

옷걸이 분리

버릴 것

아우터

긴팔   반팔

치마

바지

기부, 나눔

정리 정돈을 해 보자 ②

분류가 끝나면 일단 수납할 옷장과 서랍을 닦아야 한다.

(걸기)

얇고 가벼운 옷
↓
무겁고 두꺼운 옷

걸어야 하는 옷부터 종류별로 건다.
공간이 충분하면 개서 넣기보다 거는 게
더 유지하기 편하다.

(반팔)-(긴팔)-(셔츠)-(얇은 아우터)-(두꺼운 아우터)

(치마) - (바지)

◀ 상의

◀ 하의

보통   내행거

내 경우에는 옷이 적어서 위쪽에 상하의
가방은 아래쪽에 ∫ S자 고리로 걸어 두었다.

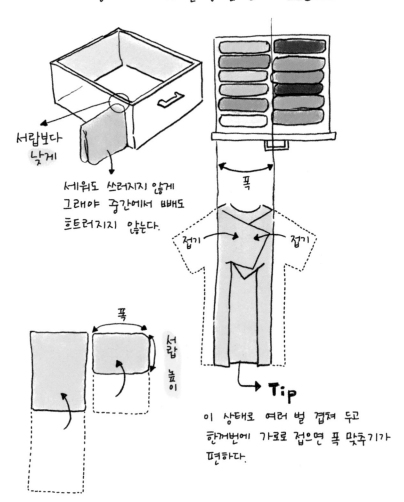

개기) 인터넷이나 유튜브에서 옷 개는 방법을
다양하게 소개하지만 중요한 건 내 서랍 크기이다.

서랍보다
낮게

세워도 쓰러지지 않게
그래야 중간에서 빼도
흐트러지지 않는다.

폭

접기   접기

폭

서랍 높이

Tip

이 상태로 여러 벌 겹쳐 두고
한꺼번에 가로로 접으면 폭 맞추기가
편하다.

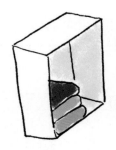

Tip
서랍이나 수납 상자를
세워 두고 개면
편하다.

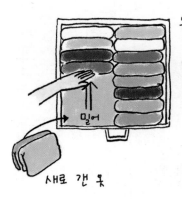

밀어

새로 갠 옷

옷을 개서 넣을 때
서랍 안의 옷들을
뒤로 밀고 앞에 넣는다.
그러면 나중에 잘 안 입는 옷들이
뒤에 모인다.

새 옷을 샀을 때
서랍 뒤쪽의 안 입는 옷을
골라 비우면 수납 공간의 70%만
채운 상태를 유지할 수 있다.

하나를 사면
하나를 비워야
유지되겠네…

!!

어려운 건
그쪽인가!

내 방식대로 내 생각대로

오랜만에
코인 세탁소

건조기에 말린 보송하고 따듯한 옷을 개는 것은
정말 좋아하는 집안일이다.
옷 크기를 맞추기 위해 세로로 먼저 접어 쌓아 주고
그다음 가로를 접는다.

잘 접힌 옷들은
세로로 세워도
이쁘게 서 있다.

쓰레기 봉투
접는 것도 좋아!

82

집에서는 세탁기를 버리고 손빨래를 한다.
여름에는 손빨래를 하지만 겨울에는 코인 세탁소에서…
손빨래가 힘들 것 같은데,
수건을 아주 얇은 60g짜리를 써서 어렵지 않다.

 (거의 미장원 수건)

나는 누구나 자신의 의식주 관리자가 될 수 있어야 한다고 생각한다.
돈으로 전부 해결할 수 있지만 자기가 할 수 있게 되면 아주 적은 돈으로도
생활이 가능하다는 느낌에 안정감이 들고 모든 과정과 결과를
내 방식대로 할 수 있어서 만족스러워진다.

구입
세탁
간단 수선
옷 개기

장보기
요리
차림
설거지

청소
정리 정돈
인테리어

 각각의 과정에 나만의 미학을 만들어 보자.

삶의
우선순위에
에너지를 쓰자

　일어나서 이불을 정리하고 설거지해 둔 그릇을 찬장에 넣는다. 몇 개 되지 않는 마른 빨래를 걷어서 개고, 부직포 밀대 걸레로 방과 거실의 먼지를 쓸어 준다. 밥을 차릴 때는 미리 1인분씩 소분해서 얼려 둔 밥과 국을 데우고 반찬을 덜어 먹는다. 저녁에 샤워하며 전날 쓴 수건과 그날 입은 윗옷과 속옷을 빨고 세면대를 닦는다. 밤에는 설거지를 하고 잔다. 일주일에 하루 물걸레질을 하고, 반찬 하나를 만들고, 일주일치 밥과 국을 해서 얼린다. 한 달에 한두 번 코인 세탁소에서 바지와 이불을 빨고, 비 오는 날은 창틀을 닦아 준다. 이것이 나의 '에너지 살림 루틴'인데, 하루에 한 시간이 채 걸리지 않는다.

　집안일은 쌓아 두었다가 한꺼번에 하는 것보다 작게 쪼개서 매일 하는 게 좋다. 일어나서 이불 정리, 이 닦고 밀대 걸레질, 샤워 후 욕실 청소. 매일 하는 습관 뒤에 작게 붙여 주는 것이다. 고정 지출은 월급통장에서 야금야금 빠져나가게 두고 목돈이나 불규칙한 경조사비는 비상금 통장에 두어 안정적인 금전 흐름을 만드는 것처럼 집안일도 쌓이기 전에 매일 소소하게 유지되는 정도로 한다. 시간이

드는 일은 서너 시간, 비상금 통장 같은 주말 시간을 쓰는 것이다.

의복과 음식, 집에 대한 가치관을 가지고 살림 실력을 솜씨 있게 늘려 나가는 게 즐겁기는 하지만 살림에는 시간을 최대한 적게 쓰려고 한다. 그래서 할 일이 보인다고 바로 하지 않고 내가 정한 시간에 정한 양만큼만 한다. 불규칙한 시간에 한꺼번에 많은 일을 하면 시간과 에너지 흐름에 불균형이 생기기 때문이다.

나와 함께 살아온 시간이 쌓일수록 성향과 개별성을 알게 되는데, 나는 에너지가 적은 사람이다. 내향적이라서 사람들에게 에너지를 받기보다는 혼자 집에서 쉬며 충전을 한다. 오감이 예민해서 소진 속도는 빠른 반면 충전 속도는 느리다. 굉장히 불만족스러운 조건이지만 어차피 나로 태어나 버렸으니 바꿀 수 없는 것에 불만을 가지기보다는 가진 조건에서 나름의 효율적인 방식을 만들었다. 에너지가 소진되면 무기력과 우울증이 오기 때문에 늘 에너지 상태를 확인하고 조금 떨어지면 충전시키려고 한다. 자연에서 산책하며 생각을 비우고, 시끄러운 소리에 노출되지 않으려 하고, 안 맞는 사람과 거리를 두는 편이다. 경제적인 안정감을 주는 금전 관리 루틴을 만들고, 집안일을 쪼개 힘을 적게 쓰는 살림 루틴을 만드는 것도 전부 정신적·육체적 에너지를 아끼기 위해서다. 이렇게 아낀 시간과 에너지를 좋아하는 일에 쓰며 휴식과 충전의 시간을 가진다. 삶의 우선순위에 에너지를 쓰는 에너지 살림의 루틴을 만드는 것이다.

내 맘대로 이불 정리

착! 감싸는 무거운 이불이 좋아! 잠이 잘 와!!

코인 세탁소에서 이불을 빨아 왔다. 우리 집 이불은 기본 3개다.

베개 커버랑

여름 얇은 홑이불 맘에 들어
까슬한 질감으로 얇은데 무게감이 있는 독특한 이불.

차렵이불
시트에 가까울 정도로 얇다.

엄마가 준 목화솜 이불
한쪽은 딸기색, 한쪽은 탁한 파란색으로 커버를 만들었다.

일단 봄·가을

매트리스 커버 위에 홑이불을 깔고 차렵이불을 덮고 잔다.

한여름

홑이불

차렵이불

차렵이불

홑이불

반대로
차렵이불을 매트리스 커버 위에 깔고 홑이불을 덮는다.

겨울

전기장판 커버 만들어서 쓰렴

매트리스 위에 전기장판과 차렵이불, 홑이불을 깔고 목타솜 이불을 겹친다.

차렵이불과 홑이불 사이에 들어가서 잠.

차렵이불

홑이불

목타솜 이불

겨울 이불은 세탁 잘 안 하고 피부에 닿는 홑이불과 차렵이불만 세탁!

둘 다 가벼워서 세탁이 쉬워

차렵이불과 홑이불은 사계절 내내 깔려 있어요.

이불 세탁하기

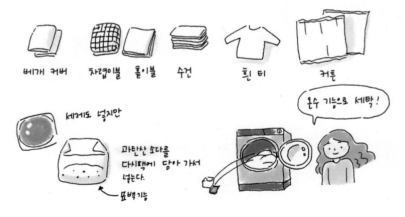

하얀 빨래의 날이 있다. 집에 있는 하얀 빨래를 전부 모아 세탁하는 날.

베개 커버 차렵이불 홑이불 수건 흰 티 커튼

온수 기능으로 세탁!

세제도 넣지만

과탄산 소다를 다시백에 담아 가서 넣는다.

표백 기능

겨울이 오면 창고에 빨아 넣어 둔 목화솜 이불을 꺼내
괜히 한 번 더 빨아 준다.

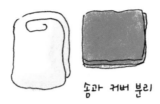

솜과 커버 분리

목화솜은 빨면 안 되기 때문에
건조기에 열풍으로 돌려 주고 커버만 빨아 준다.

보송보송? 따끈
향긋

힐링힐링

매듭으로
묶어 뒤집는
타입

솜

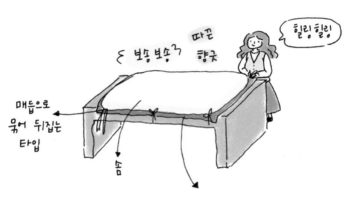

이불 커버 안과 밖을 뒤집어서 깔아 준다.

세탁소에 사람이 없으면
아예 세탁소 큰 테이블에서 커버를 씌운다.

이게 좋아 ♥

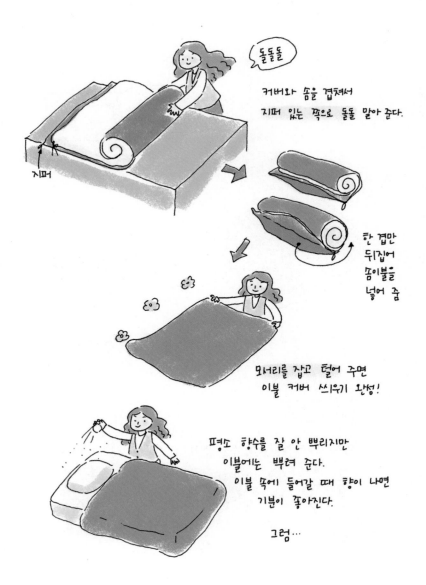

돌돌돌

커버와 솜을 겹쳐서
지퍼 있는 쪽으로 돌돌 말아 준다.

지퍼

한 겹만
뒤집어
솜이불을
넣어 줌

모서리를 잡고 털어 주면
이불 커버 씌우기 완성!

평소 향수를 잘 안 뿌리지만
이불에는 뿌려 준다.
이불 속에 들어갈 때 향이 나면
기분이 좋아진다.

그럼…

안녕히 주무세요.
즐거운 꿈 꾸세요!

자기 30분 전에
전기장판 켜기 ㅋㅋ

겨울 이불 보관 TiP!

① 이불에 신문지 깔고
(제습)

② 둘둘 말아서

③ 재활용 비닐에 넣어
창고에 보관해요.

나를 위한 실내복 찾기

집 밖에 있는 시간보다 집 안에 있는 시간이 더 길어서 실내복에 신경 쓴다.
입고 있는 옷이 편해야 충분히 쉴 수 있기 때문이다.

여름 실내복

더우면 머리에
무엇이든 꽂아서
말아 올린다.

집게 핀
실 핀

반게핌

스프링 머리띠

연필

붓

꼬치

종아리
중간까지 오는
면 원피스

무릎을 덮는 얇은 면 원피스
구김이 잘 안 가고,
통풍 잘 되고 빨리 마른다.
무늬가 있어 물감이 묻어도
티나지 않음.

서빙화

발과 발목이 안 좋아서
실내에서는 서빙화를 신는다.

덧신
아래에 두툼한 고무판이 붙어 있다!

91

산책할 때 매일 하는 산책을 위해 외출복을 꺼내 입으면
빨랫감이 많아져서 번거롭다.

손빨래

그래서 요렇게 하고 근처 공원을 산책한다.
하나를 입고 샤워할 때 빨아서 널고 다음 날 마른 옷으로 갈아입고.
여름 옷은 빨리 말라서 두 벌이면 충분!

얇은 마
아우터

여름 조끼

핸드폰,
카드

붙는 바지

면 속치마

사회생활을 하다 보면 집 밖의 자신에게 더 신경 쓰게 되지만
사실 집에서 자고 휴식하는 시간이 더 길다. 계절별로
그러니 입었을 때 기분이 좋고 몸이 푹! 쉴 수 있는 실내복을 마련해 두자.
보여지는 나를 위해서가 아닌 혼자 있는 시간의 나를 위해서.
목 늘어난 실외복을 실내에서 입지 말고 집에서만 표출되는
내 개성에 맞는 멋진 옷을 준비하자.

고민 없는 사계절 코디

여름 스타일 : 반팔 티셔츠 + 조끼 + 바지나 치마,
또는 티셔츠 + 셔츠 + 바지

얇은 조끼

얇은 비치 셔츠

검정 샌들   하얀 슬립온

* 색 분위기 :

봄·가을 스타일 : 긴팔 티셔츠 + 조끼 + 치마나 바지 + 양말

손목이 보이는 약간 짧은 소매 선호   털실 조끼

손수건

옷은 심심하게 입고 양말로 포인트를 주는 편.
그래서 발목이 보이는 약간 짧은 바지를 선호한다.

＊색 분위기 :

쌀쌀한 간절기 : 긴팔 티셔츠 + 쪼끼 + 치마나 바지
+ 로브나 가디건

가디건   넉넉한 로브   헐렁한 트렌치코트   스카프

* 색 분위기 :

겨울 스타일 : 긴팔 티셔츠 + 조끼 + 치마나 바지 + 패딩이나 코트

목도리 하기 좋게 → 차이나 칼라를 샀다.

반 패딩   반코트

그림 그리기에 좋은 손가락 없는 장갑

* 색 분위기 :

여기에 원피스 2개   니트 2개가 있고   예쁜 자수 치마   잔줄무늬 치마

←원색!→

2개 정도가 더 있다.

이게 내 기본 스타일인데, 이 정도면 매우 충분하다.
심지어 옷이 많은 것 같다는 소리를 듣는다.

물건의 의미 만들기

    지하철 속 사람들을 좋아한다. 사는 곳도 하는 일도 모두 다른 사람들이 가까이 앉아 이동하는 모습이 정겹게 느껴지기 때문이다. 지하철에서 뵌 분들 중에서 특히 기억에 남는 아주머니가 있다. 아주머니는 자리에 앉아 있었고 나는 서 있었는데, 자꾸 눈이 마주쳤다. 몇 번 부딪히는 시선에 웃음이 나와 의문스러운 표정을 지어 보이자 아주머니는 "젊음이 참 예뻐서"라고 말씀하셨다. 아주머니가 말씀하신 젊음이 어쩐지 내 것 같지 않아 머쓱했던 것 같다. 내가 아주머니를 자꾸 보게 된 이유는 입고 있는 'Be the reds' 티셔츠 때문이었다. 2002년 월드컵 당시 전 국민이 하나씩 가지고 있던 바로 그 티셔츠였다. 하얗게 인쇄된 글씨는 벗겨지고 갈라져서 여러 해 동안 빨아입은 느낌을 주었다. "저도 그 티셔츠 가지고 있었는데." 그러고 보니 내 티셔츠는 어디로 갔을까? 기억을 더듬어 보았지만 떠오르지 않았다. "그때는 전부 입고 다녔지. 나는 지금도 기운 내고 싶을 때 이 티셔츠를 입어. 그때 우리 선수들이 얼마나 잘 싸웠어? 이 옷을 입으면 기운이 난다니까?" 그 순간 마음 한구석이 까끌했다. 혹시 오래

된 티셔츠를 입은 아주머니를 낮춰 보는 마음이 있었나 돌아보았지만 그렇지는 않은 것 같았다. 나는 당당하게 웃는 표정으로 만들어진 주름을 훈장처럼 지니신 아주머니를 마주 보며 어색하게 웃었다.

집으로 돌아와 옷을 갈아입으며 까끌한 기분의 원인을 찾을 수 있었다. 옷장에는 보는 사람을 위해 산 옷인지 나를 위해 산 옷인지 모를 출처가 불분명한 옷들이 빼곡하게 걸려 있었다. 나는 옷을 대하는 아주머니의 태도가 멋있어서 부러움을 느꼈던 것이다. 그래서 이사하면서 입었을 때 기분이 좋아지는 옷만 남기고 나머지는 비우기로 결심했다. 허리를 굽힐 때 신경 쓰이는 짧은 스커트를 비우고, 남들 따라서 산 스키니진을 버리고, 물감이 묻을까 봐 입고도 불안한 하얀 셔츠를 비웠다. 그러자 200벌이 넘는 옷들 중에서 남은 옷은 반팔과 긴팔 티셔츠 몇 개, 여름과 겨울용 조끼와 7부 길이의 긴 치마들, 너무 붙지 않는 적당한 길이의 바지였다. 30벌 정도 남은 옷을 살펴보니 신기하게도 내 스타일은 이미 정해져 있었다. 그동안 유행하는 스타일에 가려져 내 스타일을 몰랐을 뿐이었다. 옷이 몇 개 없으니 뭘 입을지 고민하는 일이 사라졌다. 심지어 그중에 무엇을 입어도 전부 내가 좋아하는 옷이었다.

좋아하는 옷을 입으며 옷과의 경험을 쌓을 것이다. 빨고 수선하는 과정에서 의미를 만들고 나만의 빈티지가 될 수 있도록 소중하게 입고 싶다. 스타일을 만드는 건 소중한 옷을 차마 버리지 못하고 계속 고쳐 입는 과정에서 생기는 것이 아닐까?

가방 속 물건들

{여름용 라탄 가방 산 기념} 가방 속 물건들 그리기!

블렛 저널 다이어리

20공 바인더 노트
독서 기록, 그림 일기,
마인드맵 등

몸의 일기

책 (그때그때 다름)

지하철
지하철
인물 드로잉 노트

몰스킨 무지

친구가 파는 지갑

충전기

명함

도서관 복사기 카드

주민등록증

무인 빨래방 카드

지역 화폐 온통대전 카드

카카오 카드 (생활비 통장)

하나 은행 카드 (비상금 통장)

니베아 챕스틱

핸드폰

핸드크림

거울

종이 쓰레기통

무겁...

필통

수정 테이프

스틸 자

칼

샤프심0.3mmB

초록 형광펜
역시 형광펜은
초록이야!!

붓으로 된 펜텔 브러시펜(그림 그릴 때)

노랑, 회색, 연보라 빈티지 형광펜
(다이어리 쓸 때)

0.3mm 샤프(책에 메모할 때)

블랙윙 602 연필(글 쓸 때)

빨강, 파랑, 검정 제트스트림 0.38 멀티펜
(다이어리 쓸 때)

이어플러그(시끄러울 때)

인덱스 포스트잇(책 다시 볼 부분 표시할 때)

MICRON..

피그먼트 라이너 이(그림 일기 그릴 때)
6B 연필(지하철 인물 드로잉할 때)

연필깍지

당신은
어떤 사람인가요?

'In my bag'을 다루는 콘텐츠가 많아졌다. 잡지에서는 연예인들이 들고 다니는 가방 속 소지품을 펼쳐서 보여 준다. 가방의 생김새나 그 안의 물건들을 보면 그 사람이 어떤 사람이고 무엇을 중요하게 생각하는지 알 수 있어서 흥미롭다. 유명인들의 가방 속을 보는 것도 재미있지만 내가 진짜 보고 싶은 것은 보통 사람의 가방 속이다. 특히 요즘 10대의 가방 속이 궁금하다. 각종 직업을 가진 사람들이나 어머님들, 할머님들의 가방 속도 보고 싶다. 주변에 있는 사람들이 어떤 사람들이고 무엇을 중요하게 생각하는지 궁금해서다. 얼마 전 유튜버 박막례 할머니의 가방 공개 영상을 보며 한참을 웃었다. 계모임을 많이 가는 할머니의 가방 속에는 식사 후 친구들과 함께 마실 믹스커피 한 뭉치와 병따개, 이쑤시개와 면봉 등 마음 씀씀이가 정다운 물건들이 들어 있었다.

내 가방 속에는 드로잉북과 다이어리, 무거운 필통이 들어 있다. 글씨 쓰기와 독서, 그림 그리기를 좋아하는 나의 생활을 보여 준다. 가방 속은 비밀까지는 아니지만 내밀한 공간이기 때문에 내가 알고 있는 가방 속은 가족들의 가방 속뿐이다. 수납할 공간이 많은 엄마의 가방에는 묵주, 미사포, 나일론 장바구니, 손수건, 은행 관련 물건들이 들어 있다. 언니의 가방 속에는 예쁜 물건이 많다. 언니 옷을 호시탐탐 노리던 사춘기 시절과 마찬가지로 언니의 물건은 여전히 탐이 난다. 디자인이 귀여운 보조 배터리와 이어폰 케이스, 파우치 속 화장품들은 항상 반짝반짝 깨끗하게 수납되어 있다. 남동생의 가방에는 노트북과 두통약, 어려운 경제 관련 책이 들어 있다. 나와 달리 부동산이나 주식 등 계획적인 투자에 관심이 많은 동생이 항상 신기하다. 물론 동생도 나를 신기해한다. 아빠는 가방이 없다. 맞아, 아빠는 가방이 없었지…. 아빠는 지갑과 검정 수첩만을 달랑 들고 다니셨다. 가족이라도 지갑이나 수첩 안을 볼 기회는 없다. 아빠가 돌아가시고 열어 본 지갑 안에는 언니와 나, 동생의 증명 사진이 들어 있었고 수첩 안에는 오래된 전화번호와 함께 우리 삼 남매가 태어난 날짜와 시간이 적혀 있었다. 수첩 비닐 커버 안쪽에는 엄마에게 쓰고 못 부친 편지가 꽂혀 있었다. 20대 결혼 전, 보고 싶은 나의 파랑새에게 쓴 아빠의 풋풋한 연애 편지. 엄마는 그것을 읽고 울었고 또 한참을 웃었다. 소지품은 그 사람이 어떤 사람인지 보여 준다. 아빠는 가방을 들고 다니지 않으셨지만 비어 있는 양손으로 가족들의 손을 항상 따뜻하게 잡아 주셨고 무거운 짐을 대신 들어 주셨다.

당신의 가방 속에는 무엇이 들어 있나요?

주방 살림 점검하기

조리 도구와 그릇이 많으면 설거지가 쌓인다.
주방 식기와 조리 도구를 최소로 유지하면
시간과 공간을 절약할 수 있다.
그러니 내가 가진 것들을 점검해 보자.

컵이 설거지통에
있으면 다른 걸
쓰면 되지.

식기류   내 기준 꼭 필요한 것

국그릇   밥그릇   면 그릇   스파게티와 샐러드 그릇

반찬 접시1   반찬 접시2   반찬 그릇들

계란찜   머그컵 2개

찻주전자   손님용 밥그릇과 국그릇 2세트

조리 도구

냄비 24 cm

+

채반 겸용으로 씀♪

찜기

믹싱볼

프라이팬 28cm

작은 프라이 팬 / 계란말이팬

×3

국자

칼

가위

주걱

과도

감자칼

뒤집개

집게

볶음용 주걱

기타

도마

밥솥

전자레인지

에어프라이어

요거트 메이커

밥상 트레이

냄비 받침

요리용 다용도 트레이

이걸로 웬만한 건 요리가 가능하다.

부침

찜

튀김

무침

볶음

좋은 걸 찾고 있어요!

주걱

살까 고민 중이에요.

채반을 살지…

반찬 접시

20cm 주물 냄비를 살지…

손님용 그릇 1세트

1벌

만약 더 비운다면 이것들…

싱크대 정리하기

나의 주방은 굉장히 작다.
보통 자취방에 들어가는 싱크대 중에서 가장 작은 형태.

싱크대 위의 물건들

양 2개를 설거지 말리는
용도로 쓴다. 양이 적으면 겹쳐서 두고
많으면 2개 펼쳐서

솔1 : 설거지 전
그릇을, 음식물 제거

칫솔
싱크대에서
이 닦음

솔2 : 싱크대
청소

빨래판
가끔 싱크대에서
빨래

냄비 받침

도마
← 돌

기름 기름

주방이 좁아서
주변 물건에
기름이 튀어...

수납 공간이 아무리 적어도
싱크대 위에는 물건을 최대한 두지 않는다.
기름과 물을 쓰는 공간이라서
물건을 밖에 두면 청소하기만 힘들다.

꺼내기 쉬운
편리함보다
청소의 편리함을
택함.

나의 주방 레이아웃

반강제 미니멀…

식기류　식품류

④저장 식품
보관용 식기, 소분 용기 ①
⑤ 가루류
컵, 자 ②
⑥ 가루 양념
자주 쓰는 식기 ③

천연 세제, 생리대

⑦ 꼬리 도구, 수저

⑧ 액체 양념

세제

포일, 비닐

⑨ 냄비, 프라이팬

⑩ 수건, 목욕용품

(이 칸은 주방이 아님)

손이 잘 닿는 곳에 자주 꺼내는 걸 넣는다!

주방 물건들은 크게 3종류다.

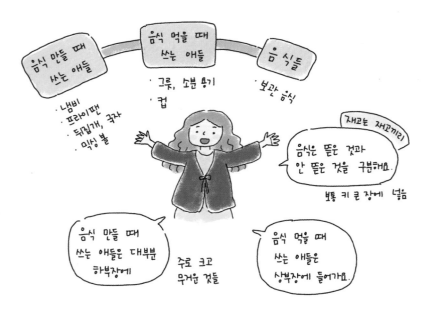

음식 만들 때 쓰는 애들

음식 먹을 때 쓰는 애들

음 식 들

· 냄비
· 프라이팬
· 뒤집개, 국자
· 믹싱 볼

· 그릇, 소분 용기
· 컵

· 보관 음식

재교는 재교끼리

음식은 뜯은 것과 안 뜯은 것을 구분해요.

보통 키 큰 장에 넣음

음식 만들 때 쓰는 애들은 대부분 하부장에

주로 크고 무거운 것들

음식 먹을 때 쓰는 애들은 상부장에 들어가요.

상부장 정리하기

요리할 때 쓰는 애들 - 냄비, 프라이팬, 국자, 뒤집개 등등
먹을 때 쓰는 애들 - 컵, 그릇, 숟가락, 접시 등등
먹을 것 - 저장 식품, 양념, 요리 재료 등등

어디에 두었는지 몰라 찾게 되고,
못 찾아서 다시 사는 이유.

'섞여 있어서' 입니다!

중요한 건 ⭐
이 3개가
한 칸에 섞이면
안 된다!

① **매일 쓰지 않는 용기** 텀블러, 보온 도시락, 소분 용기들

2가지 크기만 쓴다.
소분 용기는 가벼워서 위에 넣음.

{ 공간이 좁을 때 }
) 뚜껑만
) 용기만 겹쳐서

공간이 좁으면 잘 안 쓰는 것을 빼 버린다.

나의 상부장

② **차와 관련된 것**

다시팩 티백류 (홍차, 녹차)
가루류 (믹스커피 등)
4칸으로 나누어져 있다.

티코스터를 좋아한다.
여름에는 나무, 겨울에는 털실.
티코스터는 **세워서 보관**.

* 다시팩에 차를 넣고 우리기 때문에 다시팩도 여기에 넣어 둠.

③ **매일 쓰는 식기**

손이 잘 닿는 곳에 두기

피곤…

자주 쓰는 식기들은 **잘 겹쳐 놓지 않는다**.

뜨거웠다가 차가웠다가 물에 빠지고… 고생이 많다.

푹 쉬라고~

112

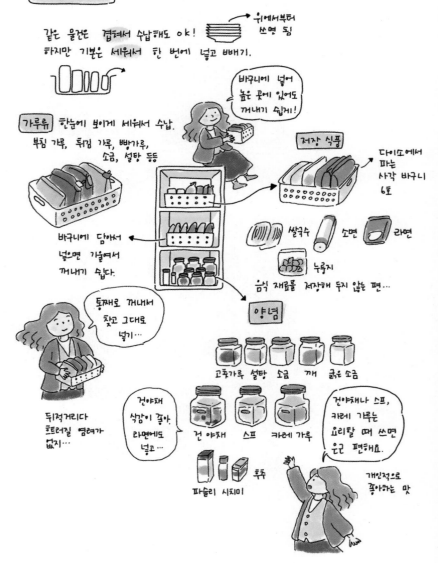

상부장 식품 칸

같은 물건은 겹쳐서 수납해도 ok!
→ 위에서부터 쓰면 됨
하지만 기본은 세워서 한 번에 넣고 빼기.

바구니에 넣어 높은 곳에 있어도 꺼내기 쉽게!

가루류 한눈에 보이게 세워서 수납.
부침 가루, 튀김 가루, 빵가루,
소금, 설탕 등등

바구니에 담아서 넣으면 기울여서 꺼내기 쉽다.

저장 식품

다이소에서 파는 사각 바구니 6호

쌀국수   소면   라면

누룽지

즉석 재료를 저장해 두지 않는 편...

통째로 꺼내서 찾고 그대로 넣기...

뒤적거리다 흘러내릴 염려가 없지...

양념

고춧가루 설탕 소금 깨 굵은 소금

건야채 스프 카레 가루

건야채 식감이 좋아 라면에도 넣고...

건야채나 스프, 카레 가루는 요리할 때 쓰면 은근 편해요.

파슬리 시치미   후추

개인적으로 좋아하는 맛

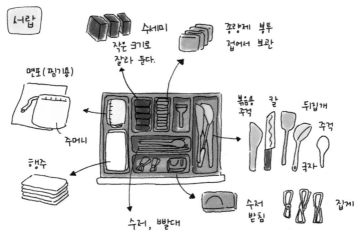

서랍

수세미
작은 크기로
잘라 둔다.

쪼랑제 봉투
접어서 보관

면포 (찜기용)

주머니

행주

볶음용
주걱   칼   뒤집개

주걱

국자

집게

수저 받침

수저, 빨대

주방 살림이 즐거우려면… (아니 뭐든지)

필요한 것들이
취향이라는 옷을
입어야 해요.

예쁜
티코스터를 좋아하고
알록달록하고 작은
반찬 그릇을 좋아하고

수저는 스테인리스보다는 나무로 만든 걸
좋아해 (입에 닿을 때 따듯함.
소리도 달그락)

행주는
무늬 있는 것보다는
하얀 소창 행주

냄비 받침은
실리콘보다는
밀짚

집게는
스테인리스 집게

매일 쓰는 밥그릇과 국그릇은
맘에 쏙 드는 것

밥그릇
은은한 회백색

국그릇
나무라서 손에 들어도
뜨겁지 않다.

다음은 하부장~ ♪

114

하부장 정리하기

나의 하부장은 선반이 없어서 불편하다.

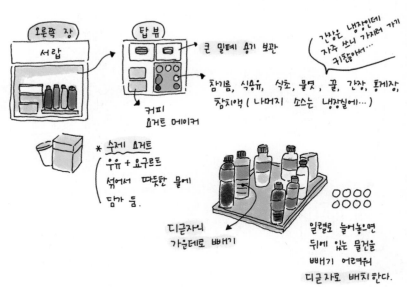

오른쪽 장
서랍

탑 뷰

커피
요거트 메이커

큰 밀폐 용기 보관

참기름, 식용유, 식초, 물엿, 꿀, 간장, 홍게장, 참치액 (나머지 소스는 냉장실에…)

가방은 냉장인데 자꾸 쓰니 가지러 가기 귀찮아서…

* 수제 요거트
우유 + 요구르트
섞어서 따뜻한 물에
담가 둠.

디귿자의
가운데로 빼기

일렬로 늘어놓으면
뒤에 있는 물건을
빼기 어려워
디귿자로 배치한다.

알아 두면 좋아요 !
(안 지키지만…)

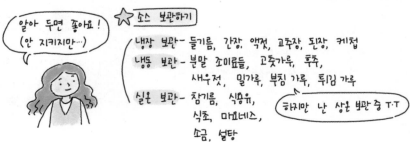

⭐ 소스 보관하기

냉장 보관 - 들기름, 간장, 액젓, 고추장, 된장, 케첩
냉동 보관 - 분말 조미료들, 고춧가루, 후추,
　　　　　　새우젓, 밀가루, 부침 가루, 튀김 가루
실온 보관 - 참기름, 식용유,
　　　　　　식초, 마요네즈,
　　　　　　소금, 설탕

하지만 난 상온 보관 중 ㅜㅜ

가운데 하부장

밥상 트레이
냉장고에서 재료를 꺼내 오거나
재료에 밀가루 등을 묻힐 때 쓰는
스테인리스 트레이

서류 보관함에 세워 두었다. 종이 포일
비닐팩
미니 지퍼백
랩

손잡이가 분리되는 냄비 세트

프라이팬, 계란말이팬

냄비 거치대를
놓아서 선반 없는
단점 극복!

① 주방 세제
② 세탁 세제
③ 섬유 유연제

싱크대에서
빨래도 하니까!

설거지용 스펀지

오래된 나무 도마

행주 빠는 비누와 청소용 스펀지

설거지용 스펀지를 쓰다가
모서리를 잘라 구분시키고 청소용으로 바꿈

세제
절약하는
법

✱ 설거지할 때
① 수세미 그릇을 꺼낸다
② 그릇에 물을 넣는다
③ 물에 세제를 탄다
④ 수세미를 세제 물에
담가 가며 설거지

116

주방 정리 팁

일단 비슷한 종류끼리 분류하는 게 중요해요!

사용 안 한 물건
저장 식품
재고 → 찬고나 손이 덜 가는 장에 보관

찜기
프라이팬
냄비류 — 조리 도구
믹서
뒤집개 등

사용하는 것

먹을 것
음식
곡류
저장 식품
소스류 — 가루류
차 — 액체류

한 칸에 섞이지 않게!

먹는 도구

접시
그릇
컵
쟁반
도시락
텀블러
일회용품
수저, 빨대 등
소분 용기

일회용품
앞치마, 행주
반 도시락, 텀블러

넓은 장에서 섞일 것 같으면 바구니에 넣어요.

종류별로!

라벨

레토르트 식품
차류
믹서

가운데만 바구니를 두고 양옆에 다른 걸 보관해도 야!

117

플라스틱 서류함은 큰 물건을 세워서 보관하기 좋다.
쟁반, 프라이팬, 냄비 뚜껑, 도마 등.

여기를
분리할 수 있음

크기가 안 맞는
큰 물건 세우기도 야!

식품들은 큰 통에 두는 것보다 소분해 두면 좋다.

깨

냉동실

깨1 깨2 깨3

(번호를 써서 라벨링)

매실액

① ② ③

열었다 닫았다 하면 상하고
아주 조금 남았을 땐
자리를 크게 차지한다.

저는 지퍼백이나
소분 용기 크기를 전부
작은 것으로 통일하고
1번부터 순서대로
사용해요.

저도 지금
주방 정리
중이에요.

살림에는 약간의 동심이 필요해

설거지 중

???

이거 3일 전에 채웠는데 왜 이렇게 적지?

디스펜서 아래 쪽에 금이 가 있었다.

살림은 가끔 소꿉놀이 같아서 재미있다.
살림을 즐기는 데는 약간의 동심이 필요하다.

흙을 밥으로, 도토리 모자를
밥그릇으로 상상하던
그 마음.

빠르고 간단한 장보기

나는 기본적으로 장보기를 싫어한다.

거친 생각과 불안한
눈빛으로 마트 배회…

지나치게 시끄럽고, 반짝거리고,
물건이 너무 많고, 찾기는 힘들고, 선택지는 많고…
최대한 빠르게 나오기 위해서
살 것을 정해서 들어간다.

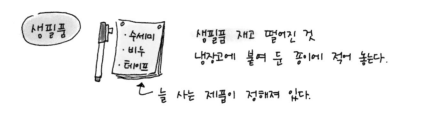

생필품

· 수세미
· 비누
· 테이프

생필품 재고 떨어진 것
냉장고에 붙여 둔 종이에 적어 놓는다.

↑ 늘 사는 제품이 정해져 있다.

(식품)

장보기에 앞서
기본 식단 짜기

(점심
저녁)

곡물 - 쌀, 콩, 빵, 국수, 스파게티

단백질 - 달걀, 고기, 어패류, 두부, 유부

채소 - 잎·뿌리·줄기채소, 버섯류,
적색·황색·녹색 채소

(아침)

유제품 - 우유, 치즈

과일 - 제철 과일, 열대 과일

요일 기준으로
골고루 사요.
통조림, 햄 등은
되도록 자제해요.

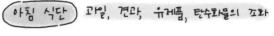

(아침 식단) 과일, 견과, 유제품, 탄수화물의 조화

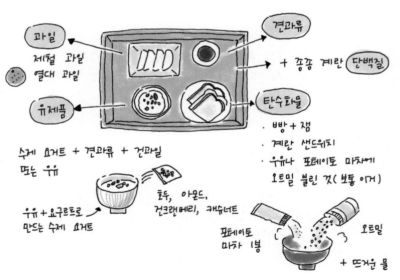

(과일)
제철 과일
열대 과일

(견과류)

+ 쫑쫑 계란 (단백질)

(유제품)

(탄수화물)

수제 요거트 + 견과류 + 건과일
뜨는 우유

우유 + 요구르트로
만드는 수제 요거트

호두, 아몬드,
건크랜베리, 캐슈너트

· 빵 + 잼
· 계란 샌드위치
· 우유나 포테이토 마차에
오트밀 불린 것 (보통 이거)

포테이토
마차 1봉

오트밀

+ 뜨거운 물

점심·저녁 식단   보통 점·저만 먹음!

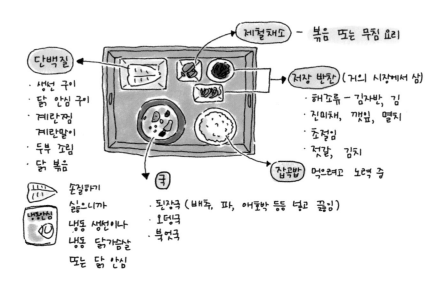

제철채소 - 볶음 또는 무침 요리

단백질
· 생선 구이
· 닭 안심 구이
· 계란찜
  계란말이
· 두부 조림
· 닭 볶음

저장 반찬 (거의 시장에서 삼)
· 해조류 - 김자반, 김
· 진미채, 깻잎, 멸치
· 초절임
· 젓갈, 김치

잡곡밥 먹으려고 노력 중

국

손질하기 싫으니까 냉동 생선이나 냉동 닭가슴살 또는 닭 안심

· 된장국 (배추, 파, 애호박 등등 넣고 끓임)
· 오뎅국
· 북엇국

정성 들여 요리하지 않는다. 뭐든 맛있게 만든다는
마법의 참치액 or 미소 된장 or 홍게장 넣으면 끝!!

요리는 일주일에 하루만 한다.

편식이 심하니 영양소가 치우치지 않게 해야지…

먹고 싶은 것만 먹으면 면만 먹음

124

오랜 자취러의 식생활

나는 자취를 정말 오래 했다.
지금 결혼 생각도 없어서 앞으로도 오래 할 듯하고.
자취를 오래 하니 효율적인 살림 노하우가 늘어 간다.

1~2년 차

라면은 역시 늘 라면

인스턴트 생활 식비↑ 건강↓

이러다 죽어...

위 아파 소화 안 돼 자존감 떨어져

3~4년 차

요리 재미있어!

→ 귀여운 앞치마

많은 식기와 조리 도구

...

엉뚱깊 지수가 너무 높아...
맛있게 요리해도 혼자 먹으니 허무해 시간도 너무 오래 걸려

밥 + 반찬
기본에
충실하자!

맛있는 건
외식으로!

(단백질 - 생선, 계란 등
밥 - 그냥 밥
국이나 찌개
반찬 - 다양하게

장바구니

요거트 만들기용

계란   두부

시금치   양파   호박

시금치나 콩나물, 무 등
야채는 대부분
항상 할머니들께 삼

비상식이라고
부르는 (사실은)
길티 플레저

적게 사야
신선하게
먹어.

맞소 신선!

장 보러 갈 땐 걸어간다.
과소비를 방지.

쉽게 유지하는 법
냉장고를 통해
알아보자!

- 요리, 장보기는 일주일에 하루만 한다 (주로 일요일) ☆☆
- 집안일에 시간 쓰지 않기 ☆☆

 밥   국   단백질   반찬

먼지 치우기
편하게
신문지 덮기

제 냉장고입니다.

장보기
목록

용량 476 L

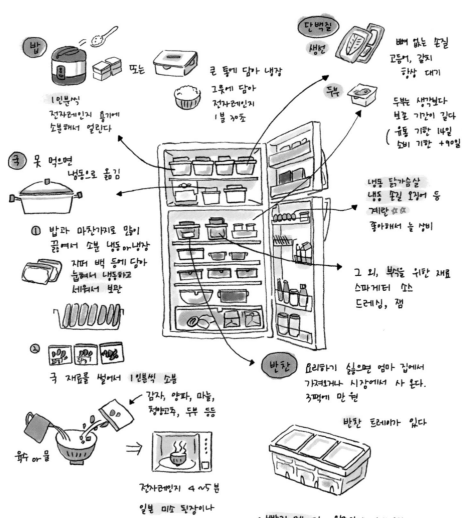

밥

또는

큰 통에 담아 냉장

그릇에 담아
전자레인지
1분 30초

1인분씩
전자레인지 용기에
소분해서 얼린다

국 못 먹으면
냉동으로 옮김

① 밥과 마찬가지로 많이
끓여서 소분 냉동이나냉장
지퍼 백 등에 담아
눕혀서 냉동하고
세워서 보관

②

국 재료를 썰어서 1인분씩 소분

감자, 양파, 마늘,
청양고추, 두부 등

육수 아물

전자레인지 4~5분

일본 미소 된장이나
참치액, 게맛살 등을
넣어 간맞. 먹을 만하다

단백질
생선

뼈 없는 손질
고등어, 갈치
항상 대기

두부

두부는 생각보다
보관 기간이 길다
(유통 기한 14일
  소비 기한 +9일)

냉동 닭가슴살
냉동 훈제 오징어 등

계란 ☆☆
좋아해서 늘 상비

그 외, 부족을 위한 재료
스파게티 소스
드레싱, 잼

반찬 요리하기 싫으면 엄마 집에서
가져오거나 시장에서 사 온다.
3천에 만 원

반찬 트레이가 있다

(빨리 먹는 것 - 일주일에 1개 요리
  오래 둬도 되는 것 - 마른 반찬, 꼬미김, 김치,
                오이지, 젓갈, 후리가케 등)

결국은
기본으로
돌아간다

"엄마! 김밥 싸 줘, 김밥!" "소풍도 아닌데?" 지나가는 엄마와 아들의 대화를 들으며 어린 시절의 김밥을 생각한다.

나에게는 김밥이 일상이었다. 엄마가 분식집을 하셨기 때문이다. 집에 돌아오실 때면 엄마는 늘 가게에서 팔다 남은 김밥을 싸 오셨는데, 김밥이 많이 남은 날은 저녁으로 먹을 뿐만 아니라 다음 날 도시락에도 들어갔다. 만들어서 바로 먹는 김밥은 고소하고 맛있지만 시간이 지나면 약간 쉰내가 나서 먹기 싫어진다. 하지만 그런 김밥도 학교에 가져가면 특별한 것이 되었다. 친구들은 너도 나도 하나만 달라면서 자신의 도시락 반찬과 바꿔 갔다. 특별한 음식은 특정 메뉴가 아니라 희소성인 것이다.

자취를 하다 보면 시켜 먹거나 사 먹는 경우가 많아 외식이 일상이 되고 집밥이 특별한 음식이 된다. 밥하기 싫어서 시켜 먹는 음식은 치킨이나 피자, 떡볶이 등 야채라고는 휘저으면 젓가락에 슬쩍몇 개 걸리는 음식이 대부분이었다. 밀가루나 고기에 간을 세게 한음식이 많아 영양이 불균형해졌고, 입맛은 더 자극적으로 변해 갔다. 야채가 사라지니 야채의 아삭한 식감이 그리워졌다. 매일 도시락 반찬을 차지하던 멸치, 시금치, 김치, 그 '치'자 붙은 것들과 김치찌개, 된장찌개, 콩나물국, 미역국, 한솥 끓이면 몇 끼를 먹게 되어 질리는 것들이 그리워졌다.

　일상의 미덕은 심심함에서 온다. 대체로 심심한 것들이 몸에는 좋기 때문이다. 회사 생활할 때는 일하는 시간과 노는 시간을 자유롭게 정할 수 있는 프리랜서가 부러웠지만, 막상 프리랜서로 지내 보니 마냥 그렇지 않다. 자유로운 하루가 특별함이 아닌 일상이 되면 즐겁지 않다. 정해진 시간이 없으니 편한 게 우선이 되고, 생활 패턴은 망가져 몸에 독이 된다. 그래서 지금은 아무도 시키지 않지만 일찍 일어나고 일이 없는데도 책상에 앉아 자체적으로 일을 만든다. 심심한 무자극 매일을 보내기 위해 노력한다. 스스로 강제 속에 가두는 것이다. 그런 후에 주어지는 꿀맛 같은 휴식은 결코 잉여롭지 않다.

　오늘도 나는 일찍 일어나 이불을 정리하고 된장국에 밥, 김치, 멸치, 야채볶음으로 조촐한 집밥을 차리고 청소를 하며 하루를 시작한다. 결국은 기본으로 돌아간다. 일상을 만드는 것은 특별함을 만드는 것과 같다. 그러니 일탈하고 싶어지는 심심하고 건강한 루틴을 만들자. 일상의 쳇바퀴를 굴리자. 그것을 대단한 책임과 의무로 여길수록 소풍은 즐거워진다.

냉장고 관리하기 ①

우리 집에서 가장 큰 가전제품은 냉장고다. 엄마가 사 준 냉장고 ♥
나는 요즘 냉장고 파먹기 중이다. 냉장실은 괜찮은데
냉동실에 얼린 재료가 많아 정리가 안 되고 있기 때문이다.

참고 가정 전력 소비 비교

제품	절약 실천	1년 절약액
29인치 TV	플러그 뽑기	3830 원
에어컨	플러그 뽑기	1만 2220원
핸드폰 충전기	플러그 뽑기	290원
393L 냉장고	음식 60%만 넣기 ☆	13만 8340원

500만 원 1년
예금해도 이자
고작 10만 원인데…

냉장고
비우자!

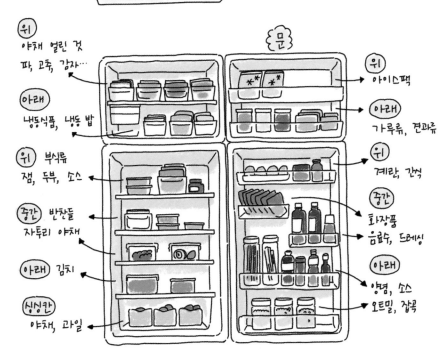

나의 냉장고 레이아웃

위
야채 얼린 것
파, 고추, 감자…

아래
냉동식품, 냉동 밥

위 부식류
잼, 두부, 소스

중간 반찬들
자투리 야채

아래 김치

싱싱칸
야채, 과일

문

위
아이스팩

아래
가루류, 견과류

위
계란, 간식

중간
화장품
음료수, 드레싱

아래
양념, 소스
오트밀, 잡곡

무거운 건 아래
자주 꺼내는 건 중간
가벼운 건 위로 ☆

냉동 팁

* 덩어리로 얼리면 해동하기 어렵다

* 많은 양을 한 덩어리로 얼리면 남은 걸 다시 얼려야 하니 비위생적

스테인리스 트레이

납작한 용기에 한 번 쓸 양만큼 소분해서 얼리거나

지퍼 백에 납작하게 펴서 얼리기

얼리는 방법

트레이에 눕혀서 얼린다

공기 빼고 납작하게

얼렸다

라벨링

세운 채로 꽂아서 정리

앞쪽부터 먼저 먹을 것

✻ 다이소에서 팔아요!

얼음 트레이 안에 눕혀서 얼리기도 해요.

오뎅, 파, 고추, 마늘, 애호박, 햄, 버터, 버섯, 데친 시금치 전부 얼려 둬요.

냉장고 관리하기 ②

야채 정리 팁

쇼핑백 손잡이를 자르고
안으로 말아 넣어
튼튼하게

야채칸

쇼핑백 또는 종이봉투에

물 빠짐 망 또는
키친타월 또는
면포 → 저는 이거!

야채통

새 야채

이 야채칸은
재고칸처럼 사용한다.
쓰던 야채는 다시 넣지 않음

뒤집어서 보관

자투리
야채통을
만들어요.

요리할 때
이 통만
들고 가면
되니
편해요.

134

반찬 정리 팁

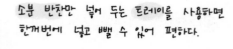

소분 반찬만 넣어 두는 트레이를 사용하면
한꺼번에 넣고 뺄 수 있어 편하다.

→ 많이 만든 반찬은 용기 2개로 나누어서 보관

↳ 큰 통에 있는 김치도 소분해서
작은 용기로 하나 더 만들어 둔다.

저는 냉동 밥,
반찬 용기 등을 모두
같은 사이즈로 써요.

제일 작은

구분하지 않아도
되니 편해요!

그 외의 팁들

① **무건 정류**

냉장고
안쪽의 것을 빼기 쉽게
바구니 이용

(구멍 없는 바구니)

서랍처럼 당김

② 피자나 치킨을
시켜 먹고
남은 소스나 피클은
통에 따로 모으기

페트병

③
조금 남아서
자꾸 쓰러지는
소스병이 서 있게끔
자리 만들기

페트병

④ 쓰러지는 가루류

뚜껑

통에 담거나　　비닐에 넣고 페트병　　　뚜껑 닫기　세우기
　　　　　　　윗부분 끼우기

귀찮아 보이지만
한번 정리해 두면
유지하기는
굉장히 쉬워요.

일단
냉장고 파먹기를 해서
최대한 비운 다음
정리를 시작해
보려구요.

함께해요!

음식물 쓰레기 처리하기

이사를 자주 다닌 나는 지역마다 다른
음식물 쓰레기 배출 방법을 다양하게 경험했다.

마트 등에서
판매

음식물 쓰레기 봉투형
지정된 마트에서 파는
봉투에 버린다.
편해 보이지만 찝찝…
물 흐르고, 묶을 때 극혐

음식물 쓰레기통에 끼우는 칩
자물쇠나 콘센트 모양이다.
기억은 잘 안 나지만
꼭 지역에서 만든
전용 용기에
배출해야 한다.

칩

다이소에서
구입

현재

음식물 쓰레기 스티커
아무 쓰레기통이나
용량 맞는 스티커만 붙이면 야.
(김장하고 김장 봉투에 붙여도
스티커 용량만 맞으면 ok)

마트에서
판매

양 끝만
접착제

나는 떼기 편하게
요렇게 붙인다

보관하고
싶지 않아

문제는 버리기 전 음식물 쓰레기 보관 방법이다.

자취생에게 음식물 쓰레기 처리는 숙명과도 같은 고민이다. 끔찍해
모아서 버리면 파리나 곰팡이가 번식하고 냄새도 나고 …
1인 가구라 음식물 쓰레기가 많이 안 나오니 생기는 문제다.

음식물 분쇄
처리기

미생물

700,000 W

N pay +

가장 깔끔한 방법은
음식물 쓰레기 처리기를
사는 거지만 비싸다.

얼려도 보고　　　　　말려도 보고　　　　빨리 버려도 보고

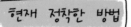

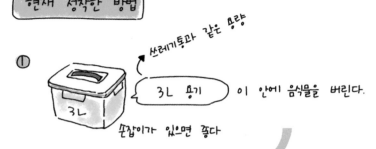

쓰레기통과 같은 용량

① **3L 용기** 이 안에 음식물을 버린다.

3L

손잡이가 있으면 좋다

칙칙!

베이킹
소다수

염기성으로
산성을 눌러 줌,
벌레 방지

② 좀더 큰 용기 안에 넣는다.

빛 차이크

③ 통이 차면
야외에 항상 두는
쓰레기통에 버리고
스티커를 붙인다.

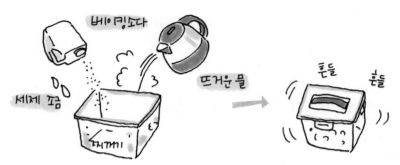

베이킹소다

세제 조금

찌꺼기

뜨거운 물

흔들 흔들

④ 음식물 찌꺼기가 남은 통에
세제, 베이킹소다, 뜨거운 물을 넣고
뚜껑을 닫아 흔들어서 닦는다.

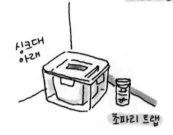

싱크대
아래

초파리 트랩

혹시 몰라 여름에는
옆에 초파리 트랩을
설치해요.

더 좋은 방법 있으면
제발 공유해 주세요 ♥

욕실 정리와 청소

욕실을 깨끗하게 유지하는 건 굉장히 쉬우면서도 조금 귀찮다.

우리 집 욕실은
구조가 신기함

하얀 타일 줄눈은
항상 깨끗하고
건조하게 유지한다.

욕실을 깨끗하게 유지하는 건 간단하다. 욕실에 물건을 안 두면 된다.
욕실장에 물건을 수납하고 바닥과 세면대 위에는 물건을 두지 않는다.

욕실 물건들

스펀지

수건

청소 도구

뭐든지 바닥에 두지 않고
벽에 걸어 둔다.

슬리퍼

비누

이게 전부

욕실은 습하기 때문에 물건을 놓아둘 환경이 아니다.

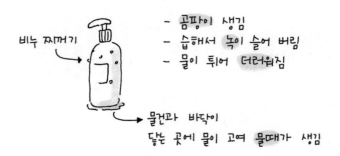

비누 찌꺼기

- 곰팡이 생김
- 습해서 녹이 슬어 버림
- 물이 튀어 더러워짐

물건과 바닥이
닿는 곳에 물이 고여 물때가 생김

목욕용품과 수건 등은 모두
싱크대 아래에 보관하고
샤워할 때마다
욕실로 가지고 들어간다.

조금 귀찮은 부분

목욕용품

수건

청소는 그냥 물 뿌리고
스퀴즈로 민다.

가끔은
락스 뿌림

매번 목욕용품을 챙겨 들고
가는 건 좀 귀찮지만

귀찮음 < 물건이 없어 청소가 편함
         안 더러워짐

종이 쓰레기통을 접어 보자!

① 전단지를 받는다

② 전단지 준비

③ 반 접기

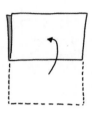

④ 반에 반 접기

⑤ 다시 펴기

⑥ 삼각으로 접기

⑦ 접었던 삼각을 다시 펴 아래 장과 위 장 사이로 넣기

⑧ 대문으로 접고 뒤집어서 뒤쪽도 똑같이 접기

⑨ 찢어 주기

⑩ 접어서

⑪ 세모꼴 안에 접어 넣기

⑫ 삼각형 지붕 접었다 펴기

⑬ 위를 벌려서 펴면 완성!

4개 전부!

용도 가방에 하나씩 넣고 다니며

과자 나눠 먹기

생선 가시나 치킨 뼈를 바를 때

카페에서 연필 깎기

서랍 속에서 작은 물건들을 분류할 때

효과 전단지를 받을 때 짜증이 안 난다.

생활 속의 작은 불편들이 기분을 은근히 떨어트린다.
그러니 그런 작은 불편을 발견하면 빨리 고쳐 버리는 게 편하다.

텐션↓↓

예시

티셔츠의 태그가
까끌거리면
떼 버린다.

욕실 타올이 자꾸
떨어지면

집게를 달아 준다.

스티커 하나만
붙여 주세요!

UN 난민 기구에
자꾸 잡히면
그냥 후원해 버린다.

자꾸 롤러내려
신발 안으로 들어가는
양말은 과감히
버린다.

냉장고 반찬들을
하나씩 꺼내거나
쌓아서 들고 오기
불편하면 트레이에
한꺼번에 넣어 둔다.

작은 스트레스를 줄이면
스트레스를 담을 수 있는
용량이 늘어나는 듯하다.

내 불만의
목소리
들어주기

　초등학교 시절 나는 대전 구도심 인근의 동네에 살았다. 얕은 산 중턱에 좁은 골목길이 굽이굽이 이어져 있었고, 그 골목 끝에 우리 집이 있었다. 사람들은 우리 집을 '파란 대문 집'이라고 불렀다. 파란 대문 집에는 삼 남매가 살고 있었다. 어린아이들의 기본 스킬은 이동할 때 무조건 뛰기다. 우리는 좁고 가파른 골목을 우다다 뛰어다녔다. 골목 아래에 구멍가게가 있었기 때문이다. 그런데 어느 날부턴가 골목 아래쪽 바닥에 시멘트가 깨져 움푹 파인 구멍이 생겼다. 뛰다 보면 종종 그 구멍에 발이 걸려 운동화가 벗겨지기도 했지만 크게 신경 쓰지 않았다.

　그날도 손에 500원짜리 동전을 들고 신이 나서 뛰어갔을 것이다. 그러니 그 구멍에 발이 걸려 넘어진 것이지. 무릎이 까져서 울며 집에 들어온 나를 보고 아빠는 시멘트와 모래를 섞은 통을 들고 골목 아래로 내려가 깨진 바닥을 메워 주셨다. 불편이 있으면 바로 고치는 자세. 생각해 보면 아빠는 항상 그런 생활 태도를 가지고 계셨다.

　생활 속에서 느끼는 불편은 정말 많다. 그런데도 우리는 관성에 젖어서 그것들을 문제로 의식하지 못하거나 의식하더라도 고칠 생각을 하지 않는다. 사소한 불편들이라 대수롭지 않게 여기지만 그것들은 확실하게 에너지를 야금야금 좀먹고 신경을 소모시킨다.

꾹꾹 눌러 왔던 스트레스가 폭발하는 순간도 콘센트 줄에 발이 걸려 충전 중인 핸드폰이 떨어지는 사소한 때가 아닌가. 반면 작은 불편을 줄이고 물 흐르는 듯한 일상이 만들어지면 업무 이외의 시간에 깊이 휴식할 수 있다. 복잡하게 꼬인 전선을 정리하고 까슬거리는 목 뒤의 태그를 떼 버린다. 택배 상자가 배송되어 오는 현관 신발장에 칼을 하나 가져다 두고 마스크를 걸어 두는 고리를 붙인다. 거의 다 써서 자꾸 쓰러지는 샴푸통은 칸막이가 있는 수납 바구니에 넣고 신발 속으로 자꾸 말려 들어가는 양말은 버린다. 간질거리는 소매 끝 실밥을 자르고 흔들거리는 서랍 손잡이의 나사를 조인다.

이런 사소한 것들은 다른 사람이 아닌 내가 불편한 것이라 개선 요구가 외부에서 오지 않는다. 그러니 내 편의를 개선해 달라는 내적 요구의 목소리를 듣자. 그 목소리는 공기의 진동이 아닌 마음의 울림이라 주의를 기울여야 한다. 내면의 목소리를 잘 들을수록 내 삶의 주체가 될 수 있다. 개선하고, 개선을 좀 더 창의적으로 하고, 창의적으로 개선했다면 더 미적으로 해 보자. 일상이 작품이 되고 내 취향의 삶이 만들어질 것이다.

책방 구경하기

책을 많이 읽는 편은 아니지만 항상 책을 읽어야 한다는
생각은 놓치지 않고 사는 것 같다.
보통 유튜브나 블로그, 팟캐스트에서 추천 받은 책을
도서관에서 빌려 읽는다.
그리고 이건 소장각이야! 라는 생각이 들면 알라딘에서 산다.

나 책방 평면도

책장이 없어 벽을 따라
둘러 세움

800번 문학

소설

600번 예술

에세이

시집

200번 종교

300번 사회 과학
500번 기술 과학
(보통 미니멀 라이프 책)

100번 철학

000번 총류

사계절 내내
거는 옷

약 300 ~ 400권
80%는 읽은 책
20%는
안 읽은 책

십진분류법의 팬

프린트해서
벽에
붙여 놓음

십진분류법을 읽으면
복잡한 세상이
한눈에 보이는 듯해.

똑똑해지는
느낌! ← 절대 아님

① 어려운 책 읽기

뭔 소리?

읽기 과정

생소함
줄여 줌

큰 목차 처음부터 끝까지 읽기 (한 장씩 넘기며)
↓
큰 목차 + 중간 목차 처음부터 끝까지 읽기
↓
큰 목차 + 중간 목차 + 세부 목차
처음부터 끝까지 읽기
↓
처음부터 천천히 읽기 시작
↓
정리하고 생각하기 + 유튜브 등 책 관련 강의 듣기

노트 필기는
코넬식으로 적는다.
스스로 질문하고 답하기

② 쉽고 빠른 관심 분야 책 읽기

관심 분야의 책은
대략 70%는 아는 내용이라
술술 읽는다.

걷기, 트레킹

비주얼 씽킹

그림 문자

공부법, 독서법   간소한 삶   습관, 루틴 만들기   정리 수납법, 청소법

공부법을 공부하는 걸 좋아함
(공부는 별로…)
독서법을 독서하는 걸 좋아함

독서는 ①을 하다 머리에 쥐가 나면
②를 읽고 다시 ①로 가는 패턴.
이 패턴을 반복하다 보면 관심 분야가 점점 넓어진다.

독서하는 이유

① 재미

② 동기 부여 (내용을 요약한 영상을 보면 알게 되지만
　　　　　　책을 읽으면 마음이 변해)

③ 호기심 (세상이 궁금해…)

공부는 평생 하는 거라고
탕탕탕! 정해 버리면
느리지만 꾸준히 읽게 돼요…

되게 많이 읽는 것처럼
이야기했지만
사실 별로 안 읽음…

평생 할 건데
서두를 필요
없잖아…

집구석 여행하기

미니멀을 실천하면 처음에는 지금의 나와 어울리지 않는 것을 비우게 된다.
마음에 드는 물건만 남으면 그때부터 유지＋개선 단계에 접어든다.
이게 중요하다. 자신는 매일 달라지는데 공간이 그대로면 안 어울리니까.
그래서 나는 쫑쫑 에탄올 스프레이와 걸레를 들고 슬금슬금 집구석을 여행한다.

이거 왜 안 쓰지?
필요한가? → 필요해!
왜 안 쓰지? = 코드가 멀어.
코드 근처로 옮긴다.

＊point
처음 보는 것처럼
구경하기

가습
가습

← 악건성 피부

액자 바꿔 줄까?
여름인데…

여름이니까 시원한
하얀색으로 바꾸자.

액자를 자주 바꿈.
사진, 말린 식물,
깃털, 우표, 플라타너스 나무 껍질,
엽서, 그림, 동전, 전단지, 삼각자
등등 아무거나 넣음

여행의 클라이맥스는 책 구경.
책등들 구경하며 내용을 다시 되짚어 보기.

죽음의 수용소에서

자극과 반응 사이에는
선택의 자유가 있지…

먹기 위해 날지 않고
날기 위해 날아
조나단.

갈매기의 꿈

사랑할 수 있는
존재가 있다는 건
좋은 거야.

자기 앞의 생

가로등 켜고 끄는 사람
부분만 읽고 싶네
오늘따라…

어린 왕자

진짜 악이 존재하나…

피와 뼈

미니멀 라이프를 추구한다고 들썩거리지만 책은 잘 못 비운다.
이미 읽은 책의 책등을 들여다보며 달라진 생각과 고인 생각을 구분하고
지금의 가치관이 어떤 책의 영향을 받았는지
되감기해 보는 재미가 있다.
다시 읽지 않아도 존재 자체가 큰 도움이 된다.

즐거운 여름 나기

사계절이 있어서 계절마다 적응하는 게 즐겁다.
바뀌는 계절을 준비하는 것은 소소한 재미다.

끈적이지 않게
침대 위에
까는 대자리

여름에는 폭염 전에
장마가 있다. 장마 전에
예쁜 우산 준비하기

베개 커버가 더운 재질이면
시원하고 네모난 천을 구해 덮어 주고
자주 빨기

대부분 여름은
도서관 에어컨으로
버티는데…
코로나… ㅜ.ㅜ

면 주머니

시원-

냉동식품 택배 올 때
쟁여 둔 아이스팩으로
체온 낮추기

아이스팩

얼음을 끊임없이
얼리기

여름에는 식중독이랑 배탈
조심해야 하니 오히려
뜨거운 음식 먹기.
땀을 많이 흘리니
너무 싱겁지 않게 먹음

선풍기

젖은 수건

집에서 에어컨
오래 켜면 머리 아파
(너무 가까이에 있어…)

여름에 준비하는 물건

가방에 쏙! 들어가는 부채
바깥에 있다가 시원한 실내에
들어가서 부치면 기분 쫗다

구겨지지 않는 얇은 여름 셔츠
(에어컨 바람이 추울 때)

비 오는 날 신는
신발

양말도 가방에
하나씩 넣고 다니면
좋다

예쁜 손수건

한철 내내 신을 샌들
그냥 싼 거.
가볍고 편한 거

끈적이지 않는
선크림

봄, 여름, 가을, 겨울이 있는
나라에서 태어나서 좋아. ♥

월동 준비

아침저녁으로 날이 많이 쌀쌀해졌다.
밤송이가 떨어지고 다람쥐들이 월동 준비하는 시기가 되면
나도 하루 날을 잡고 월동 준비를 한다.

전기장판 깔기

창고
미술 도구, 그림,
계절 용품 등을 보관

창고에서 겨울 이불
꺼내서 깔기

서랍장이 아닌 선반장을 써서
옷을 바구니에 수납

선반장 위 칸의 여름 옷 바구니를
아래 칸으로 내리고 겨울 옷 바구니를
위 칸으로 올린다.

마지막으로 다양한 차를 가득가득 준비하기

진피차 녹차 홍차 유자차 레몬차 매실차

자몽차 둥굴레차 꽃차 믹스커피 원두

가을 겨울은
차를 마시며
버티는 거지 ~경

다람쥐가 도토리를 모으듯
차를 챙겨 두면
마음이 풍족해진다.

월동 준비
어떻게 하시나요?

계절에 맞는
온도로
산다는 것

겨울은 일어나서 침대 밖으로 나오는 것 자체가 미션이다. 전기 장판에서 등짝을 떼기가 왜 이리 힘든지…. 내 등과 전기 장판은 너무 사랑하는 사이다. 알람을 끄고 누워 있다가 다시 잠드는 경우도 허다하다. 그래서 겨울 아침에는 침대에서 나오기 위해 핸드폰을 손이 닿지 않는 방구석으로 옮겨 둔다. 일어나 알람을 끄고, 이불 속에서 전날 넣어 둔 옷을 발굴한다. 솜 조끼를 입고, 솜 아우터를 입고, 매트리스 옆에 놓인 털 실내화를 신는다. 이불을 툭툭 쳐서 반듯하게 정리한다. 그래야 다시 이불 속으로 들어가지 않는다. 자기 전에 옷을 개서 따뜻한 이불 속에 넣어 두는 것은 다음 날 추위에 움츠러들 나를 위한 배려다.

전날의 나에게 보살핌을 받고 일어나 큰방으로 간다. 전기 주전자에는 어제 한숨 끓이고 보리차 티백을 넣어 둔 물이 식어 있다. 보리차를 주전자에 옮기고 물을 다시 가득 끓인다. 뜨거운 물 반에 보리차 반을 섞어서 마신다. 따뜻한 보리차가 건조한 식도를 타고 내려가자 배 속에 온기가 퍼진다. 물이 담긴 주전자를 다시 난로 위에 올려 둔다. 한동안 다른 일에 몰두하다 보면 데워진 주전자에서 뚜껑이 달그락거리며 움직이는 소리가 난다. 겨울은 공기가 차갑고 건조해 숨을 쉬면 콧속이 아프다. 그래서 이렇게 난로에 주전자를 올리고 따듯한 수증기를 공기 중에 공급해 준다. 주전자의 나무 손잡이를 잡고 노란 머그컵에 물을 따른다. 추운 방 안에 허연 수증기가 퍼져 나간다. 끓인 보리차를 식혀 가며 홀짝홀짝 마신다. 이것이 나의 일상적인 겨울 아침 풍경이다.

난로를 몇 시간 트는 것을 제외하고는 거의 난방을 하지 않는다. 1인 가구이니 온 공간을 데우지 않아도 따듯한 옷을 입어 내 몸이 따듯하면 그것이 난방이다. 겨울은 겨울답게 춥게 지내고 여름은 여름답게 덥게 산다. 처음에는 냉·난방비를 절약하자는 의도였지만 살다 보니 계절에 맞는 온도로 사는 게 좋아졌다. 감기에 잘 안 걸리고 추위를 점점 덜 타게 되는 것도 좋은 점이지만 길고 추운 겨울을 지내다 보면 봄이 오는 느낌에 예민해진다. 모질고 각진 겨울 바람의 모서리가 약간 둥글어진 느낌이 들고, 그 바람에 실려 오는 냄새가 달라진다. 마른풀 냄새가 나는 바람에 언 땅이 녹는다. 습기를 머금은 푹신한 흙 냄새가 그 흙을 뚫고 올라온 여린 잎의 냄새와 섞이며 설레는 향이 감돈다. 드디어 봄이 오는구나. 시인들이 봄을 그렇게 찬미했던 이유를 알 것 같다. 봄의 노래와 시들이 마음속 깊이 감명을 준다. 그 계절에 맞는 온도로 살 때, 계절이 변화하는 감동을 더 생생하게 느끼며 살 수 있다.

3장

삶에
의미 부여하기

한번 뒤돌아보기

미술 학원에서 아이들을 가르칠 때 자주 하던 조언이 있다.

수업이 끝나면
팔레트를 깨끗하게
닦고 물도 버리고
자리를 정리하고
가는 게 좋아.

어차피 내일 계속 그릴 건데요?

응- 깨끗한 팔레트에
새 물을 떠 와서
그릴 준비를 하다 보면
그림을 새로운 시각으로
볼 수 있게 되거든~

미술 도구뿐만 아니라 집에서도 마찬가지다.
밤에 다시 잠자리에 들 테지만
아침에 일어나서 이불을 정리한다.

토닥
토닥

지-긋

틀린 그림
찾기

침실을 나오며
원상태로 잘 정리되었는지
확인하고 문을 닫는다.

글 쓰고,
그림 그리고, 책 보고,
오전 오후 내내
시간을 보내는 큰방도
나오기 전에
물건들이 전부 제자리에
있는지 확인하고
불을 끈다.

한번 더 뒤돌아보고
그곳을 나오는 습관은

내일을 새롭게 시작할
나를 위한 배려이다.

시각 쉬게 하기

시각이 예민하니 평소 시각적 피로도가 높다.

실어하는 공간 그냥 그곳에 가는 것만으로도 체력이 뚝뚝 떨어지고
기운이 없어진다.

대형 마트   밤의 번화가

허약해진 느낌...
손 떨려...

머리 아파...

엄마 장 볼 때
따라 간 거 빼고
연 넘게 안 감

밖에 나가면 간판의 정보, 색, 반짝임 때문에 쉽게 지친다.
그래서 집을 시각적으로 쉴 수 있는 분위기로
만드는 것을 중요하게 생각한다.

광택이 없는 것

집 안에 반짝이는 물건이 많으면 피곤해지니 광택을 줄인다.

플라스틱보다는
자연물

스테인리스보다는
무광

비닐보다는
천이나 종이

라탄
빨래
바구니

플라스틱
물건을 살 때도
유광보다는
무광으로

색이 차분한 것

원색을 좋아해서 그림에는 많이 쓰지만
집 안의 물건과 가구에는 원색을 최소화한다.
우리 집은 장판이 나무색, 벽지와 방문이 하얀색인 집이라서
하얀색과 나무색을 기본으로 산다.

나무색과 하얀색

나무
도마

나무
티코스터

하얀 행주

싸리 빗자루

나무 의자

왕골 냄비 받침

싸리 채반

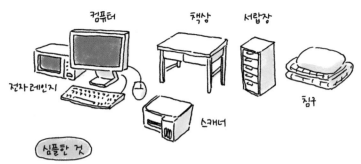

컴퓨터　책상　서랍장

전자레인지　스캐너　침구

심플한 것

로고나 캐릭터가 없는 단색의 심플한 물건을 주로 산다.

모든 노트는 단색

라벨을 제거해
심플하게 만들기

분리수거할 때 어차피 떼는 거
미리 떼 버리기

소분 용기, 디스펜서 사용하기

복잡한 상표가 있는 알록달록한 제품들은
모두 수납장 안에 넣는다.

(화장품도 전부 서랍 안에)

세제　비누　과탄산소다　베이킹소다

천연 세제　세탁,
식기 세제　목욕용품

심플한
디스펜서

이렇게 눈이 쉴 수 있는 공간이라면 회복 속도 up !!

집에 가지고 들어가지 않는 것

집이라는 공간에서는 진짜 휴식할 수 있어야 한다고 생각한다.
그래서 집 안에 불쾌하고 거슬리는 게 없도록 신경 쓴다.

집 안에 꽃이 있으면

와 예쁘다…

기분 좋아!

집 안에 쓰레기가 있으면

치워야 하는데…

냄새 나!

짜증 나!

아니 왜 이게 우리 집에 있어?

그런데도 사람들은 꽃은 버리고 쓰레기를 집에 가지고 들어오는
경우가 많은 것 같다. 누군가가 건네는 칭찬의 말이나 호의는
곱씹지 않고 불쾌한 말이나 적의를 마음에 담아 집에 가지고 온다.

고이고이 간직

일부러 그랬을 거야.

짜증 나.

실수를 왜 했을까?

나를 무시해.

나한테 어떻게 그런 말을 할 수 있지?

내가 얼마나 열심히 했는데…

나 계속 이 사람 만나야 해?

기 빨려.

그 사람 나랑 성격 안 맞아.

그러다 보니 편하게 쉬며 에너지를 충전해야 할 집에서도
쉬지 못하고 스스로를 괴롭힌다.
그래서 나는 밖에서 불쾌한 일을 경험했거나
고민되는 일이 생긴 날에는 집으로 바로 들어가지 않는다.

노래도 안 듣고 생각

근처 공원을 산책하며
복잡한 마음을 정리한다.

왜 그런 행동에
기분이 나빴을까?

상대의 의도가 나빴나?

아니면 내가
상대에게 기대가
컸나?

그 사람이 힘든 시기인가?
나에게 중요한 사람인가?

표현을 해 볼까?
이게 그렇게 큰일인가?

일시적인 걸까?
반복되는 걸까?

걸으면서 생각하다 보면 당장 바뀌는 건 아무것도 없지만
내 안에 불쾌한 감정이 사라지고 마음이 평온해진다.

그렇게 집에 돌아오면 새로운 것에 집중할 수 있는 상태가 된다.

감정적 스트레스를
풀고 들어와
다른 생각을 할 여유가 있음

밥 해 먹자~

청소해야지~

다이어리 쓰고
그림 그리자!

아… 아무것도
하기 싫어.
스트레스 받아.

몸은 쉬어도
뇌가 쉬지 못하면
진짜 휴식이 아니다.

몸을 계속 움직여도
머릿속이 맑아 휴식 상태

밖에서의 고민과 상처를 집으로 가지고 들어오지 않기.
나의 공간과 사회적 공간을 분리하자.
집은 오로지 나를 찾고 가꾸고 발견하는 공간이길 바란다.

기분 좋은 일이 있어
너무 들뜨는 감정도
걸으면서
비우고 들어와요.

초록이 키우기

넓은 옥탑이 있는
옥탑방에 살 때는
밭작물을 키웠다.

스티로폼

주인 아주머니 따라
심어 두기만 했는데
아주머니께서
거의 키워 주심

산지 직송의 신선함
잊지 못해…

베란다가 없는 집으로 이사 갔을 때
작은 화분을 키우기도 했다.

이사 기념으로
아빠가
사 주심

기록을 좋아해서
관찰 일기 씀

오오!
너무
잘 자라!

어떤 인테리어보다 좋은 건
식물 인테리어!
식물이 집에 있으면
집 안이 화사해진다.

하지만
식물을 잘 돌보지
못해 죽어 버리는
일이 빈번했어요…
ㅜ.ㅜ

과도하게
신경 써서 물을 많이 줌

많은 실패 끝에
선택한 게 바로 수경 재배!
공기 정화도 시켜 주고
건조할 땐 가습기 역할을 한다.

아이비   스킨답서스

싱글족 추천!!

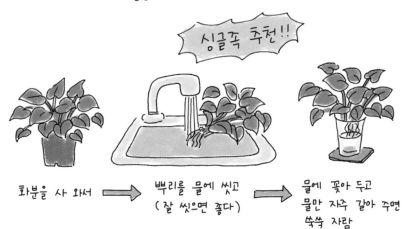

화분을 사 와서 → 뿌리를 물에 씻고   → 물에 꽂아 두고
                (잘 씻으면 좋다)   물만 자주 갈아 주면
                                      쑥쑥 자람

매일 싱그럽게
자라는 초록이를 보며
마음의 안정을 찾곤 한다.
식물을 좀 더 늘릴 예정…

하지만 사실 나의 로망은…

여인초나 고무나무같이
커다란 화분을
거실에서 키우고 싶어요.
그런데 엄두가 안 나요.

절제가
억압이
되지 않게

물건을 사면 기분이 좋지만 쇼핑을 좋아하냐고 묻는다면 안 좋아한다. 사고 싶은 물건은 명확한데 아무리 찾아도 비슷한 물건이 보이지 않기 때문이다. 특히 온라인 쇼핑을 할 때가 그렇다. 하염없이 스크롤을 내리다 보면 정보의 양에 지쳐 흥미를 잃고 만다. 그래서 사고 싶은 게 있으면 은근슬쩍 주변에 '이런 게 있으면 사고 싶어' 하고 흘려 두는데, 우연히 비슷한 것을 발견하면 내게 링크를 보내 주기도 한다. 고마운 친구들.

얼마 전 옷을 정리하다가, 입을 만한 긴팔 티셔츠가 2개뿐이라는 것을 알게 되었다. 원래 4개가 있었는데 그중 하나는 락스가 묻어 색이 바랬고, 다른 하나는 소매를 잡아당기는 버릇 때문에 끝이 해져 있었다. 간절기에 입을 기본 티셔츠 하나를 사기 위해 쇼핑 사이트를 열었다. 너무 펑퍼짐해서는 안 돼. 너무 타이트해서도 안 돼. 소매를 잡아당기는 버릇이 있으니 소매가 좀 짧았으면 좋겠어. 어깨선은 처지지 않고 딱 맞는 게 좋아. 이런저런 기준으로 보다 보니 아무리 찾아도 마음에 드는 티셔츠가 보이지 않았다. 어떤 걸 봐도 트집을 잡으며 의욕을 잃어 갈 때쯤, 우연히 독특한 원피스를 발견했다. 길이가 발목 조금 위까지 오는 진한 남색 원피스였는데 화려한 꽃무늬가 치마 앞면을 따라 수놓여 있었다. 허리 부근에는 테슬이 달려서 독특하고 이국적인 느낌을 주었다. '이거 사고 싶어!' 하는 충동이 번쩍 드는 원피스였다. '살까?' 하는 순간 여러 가지 반발에 부딪혔다. '너무 화려한데? 입고 다니면 사람들이 쳐다볼 것 같아.' '빨고 나면 자수가 상해서 지저분할 거야.' '나이가 몇인데 이런 옷을 입어.' '오늘 기본 티 사려던 거 아니었어? 사려고 한 건 안 사고 이걸 산다고?' 개성을 무시하고 합리적인 소비를 요구하는 이성의 목소리였다.

나는 바로 구매하기 버튼을 눌러 버렸다. 물건 욕심이 적은 나를 이렇게까지 사지 말라고 설득시켜야 하는 옷은 별로 없기 때문이다. 결제 완료를 하자 사 달라는 말은 못 하고 의기소침하게 장난감만 만지작거리던 어린아이에게 선물을 준 것처럼 영혼이 기뻐서 방방 뛰어다녔다. 나는 때로 합리적인 소비보다 내 영혼을 고양시키는 소비를 한다. 미니멀 라이프는 절제를 배우는 삶의 방식이지만 절제와 억압의 차이를 구분하지 못하면 영혼은 메마를 것이다.

우리에게는 기쁨의 쓸모가 있는 게 필요하다. 물건은 자기 표현의 욕구를 충족시켜 준다. 그러니 건강한 사람이라면 자신을 개성 있게 표현하고 싶어지는 게 당연하다.

나를 행복하게 하는 것

크림에 거의 말아 주는
해물 크림 그라탕

날씨 좋은 날
야외 테라스에서 커피 + 책

배려에서
나온 기능

찌릉…
도르롱…

책갈피 끈을 사용할 때

가을을 알리는 귀뚜라미와
방울벌레 소리 + 밤 산책

아침 공복에 갈증을 씻어 주는
물 한 잔

요구르트 아줌마에게
음료를 살 때

둘씩 손잡고 줄서서 가는
아이들을 볼 때

고양이를 만났을 때

길 가다 아기랑
강아지가 만났을 때

비행기 꼬리
비행운

건물 사이로
보이는 하늘

싸리 빗자루 소리

갓 지은 밥 냄새

반짝! 빳빳한 새 돈

무지개 만들기
무지개 보기

중고책 속 마른 꽃

단풍나무 씨앗이
빙글빙글 돌며 떨어지는 걸
볼 때

눈 위에 찍힌 새와
강아지, 고양이 발자국

반짝이는 바다, 쪼나단들

집 근처 중성화한
길고양이 파이, 도넛

물건이 다른 용도로
변한 걸 볼 때

아래가 판판한
뭉게뭉게 적란운

선선한 날
야외 스케치하기

아침에 기도하기

간소한 돈 관리 방법

투자도 빚도 없는 똘가분함!

1. 월급날

경조사비, 선물, 큰 가전제품, 병원 등 비일상적인 소비

생활비가 남으면 비상금 통장으로 옮긴다.

월급 통장에 남은 돈을 모두 비상금 통장으로 옮긴다.

특별한 건 없지만...

2. 월급 통장에 월급이 들어온다.

4. 자동 이체를 월급 통장에 걸어 둔다.

· 적금 = 월급의 반
· 보험료1
· 보험료2
· 건강 보험, 전기세, 수도세, 월세, 가스비
· 핸드폰, 인터넷 요금
· 기부금, 후원금

월급 통장은 카드 없음

3. 월급 통장에서 매달 생활비 30만 원을 카카오 카드로 옮긴다.

식비, 생필품, 옷 등 모든 것을 이 안에서 해결!!!

12개월 후

적금이 만기된다.
다시 12개월 만기
적금을 든다

외주 작업 비용,
부수입

모은 돈은
예금 통장에 넣음

비상금 통장에서 경조사비, 병원비 등이 나가기 때문에
매달 특별히 기복 없는 루틴이 유지된다.

시행착오의 연속

20대는 정말 시행착오의 연속이다.
아니, 지금의 나 역시 미래의 내가 볼 때
무수한 시행착오를 하고 있겠지.

20대

하고 싶은 것
사고 싶은 건
많지만
돈은 없음

유행에 따라 계속해서
변하는 패션 스타일

이것도 하고 싶고,
저것도 하고 싶고.
남들 다 하는데…
이것도 사고 싶고,
저것도 사고 싶고.
남들 다 있는데…

돈을 써 가며 취향을 찾고, 시간을 써 가며 경험을 쌓고,
그런데도 나라는 사람을 모르니 취향을 찾을 수 없었고
목적과 방향이 없으니 경험은 흩어졌다.

알바도 하고
공부도, 학점 관리도
열심히 하고 있는데
불안해.

자아 존재감이 약하니 있어 보이는 것에 현혹되었다.

집 안에 있는 파랑새를 저 멀리 밖에서 찾아 헤매듯
소비 속에서 나를 찾아 헤매는 대신 내 안의 것을 꺼내 보았다.

신영복 교수님은 이렇게 말씀하셨다.

" 소비를 통해 인간의 정체성을 만들어 낼 수 없다.
인간의 정체성은 생산을 통해 형성된다. "

나를 찾아
방황 중이라면
사소한 거라도
창작해 보세요.

내가
선택한
내 것

단계를 밟는다는 것은 무엇일까? 아주 기초부터 배우는 것을 의미하는 걸까? 단계를 밟는다는 것은 자신이 가지고 있는 것에서부터 시작하는 것이다. 첫 계단이 내 것이 아니면 아무리 멀리 가도 내 길이 아니기 때문이다.

연말이 되면 최근 2~3년 동안 쓴 다이어리를 꺼내어 읽어 보고 한 해 동안 찍은 사진들을 훑어보곤 한다. 연말 정산 같은 것인데, 가끔은 이렇게 가진 것을 전부 꺼내 보는 시간이 필요하다.

가진 것이 없는 사람은 없다. 모든 사람은 자기 자신을 가지고 있다. 나 역시 가진 것이 많은 사람이다. 나는 피부가 하얗고 주근깨가 많다. 악건성 피부고, 어릴 때는 아토피가 심했다. 발이 작고 발목이 약해서 자주 접질렸다. 다이어트에 성공했다가 다시 쪘다. 공부를 거의 안 하다가 재수하면서 수능 점수를 150점 정도 올린 경험이 있다. 귀를 두 번 뚫었는데 두 번 다 다시 막혔다. 족저근막염으로 도수 치료를 받은 적이 있다. 아킬레스건이 찢어져서 수술도 해 봤다. 그림 그리는 게 취미이자 특기이다. 인류애는 강하지만 강한 인간관계는 싫어한다. 고시원을 세 군데나 옮겨 다닌 적이 있다. 혼자 있는 것을 즐기고 외로움을 안 탄다.

뭐, 이런 쓸데없어 보이는 것들이지만 이런 것들을 가진 덕분에 공감을 불러일으키는 콘텐츠를 얼마든지 만들 수 있다. 관심을 발전시켜 상품으로 만들 수 있고, 관련된 영역을 공부하는 계기로 만들 수도 있다. 경험과 성향, 신체적인 열성까지도 모두 내 자산이다.

새로운 정보를 받아들이다가 문득 어디로 휩쓸려 가고 있는지 모르겠다는 느낌이 들 때 듣는 전문가들의 이야기는 하나같이 멋지지만 멀게만 느껴진다. 나는 그럴 때 노트 구석에 적어 둔 글귀를 본다. 그것은 세상 어떤 지식이나 대단한 강의보다 더 나다운 것이다. 듣고 배운 것 중에서 내가 선별한 것이니까. 핸드폰으로 찍어 둔 사진도 본다. 그것이 세상의 많고 많은 이미지 속에서 내가 간직하고 싶었던 것이니까.

내게는 이미 내가 선택한 것이 있다. 수백 페이지가 넘는 두꺼운 책 속에 내가 줄을 친 몇 구절이 빛나고 있고, 일기장 안에 내 방식으로 의미를 부여한 나의 하루가 있다. 그 모든 것이 내가 다른 사람과 공유할 수 있는 자산이 된다. 나는 언제든지 그것들을 꺼내서 무언가를 만드는 발판으로 삼을 수 있다. 정말 든든하지 않은가?

루틴의 중요성

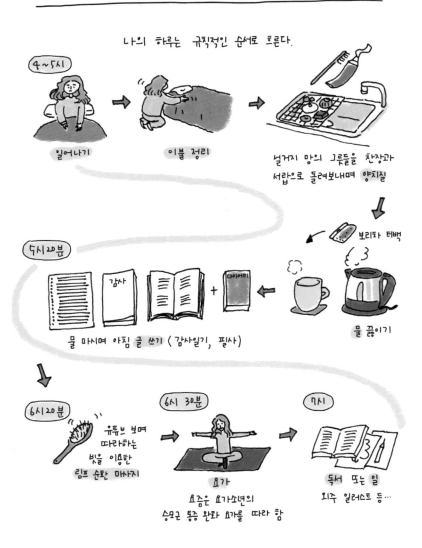

나의 하루는 규칙적인 순서로 흐른다.

4~5시
일어나기 → 이불 정리 → 설거지 망의 그릇들을 찬장과 서랍으로 돌려보내며 양치질

보리차 티백

물 끓이기

5시 20분
감사   다이어리

물 마시며 아침 글 쓰기 (감사일기, 필사)

6시 20분
유튜브 보며 따라하는 빗을 이용한 림프 순환 마사지

6시 30분
요가
요즘은 요가소년의 승모근 통증 완화 요가를 따라 함

7시
독서 또는 일
외주 일러스트 등…

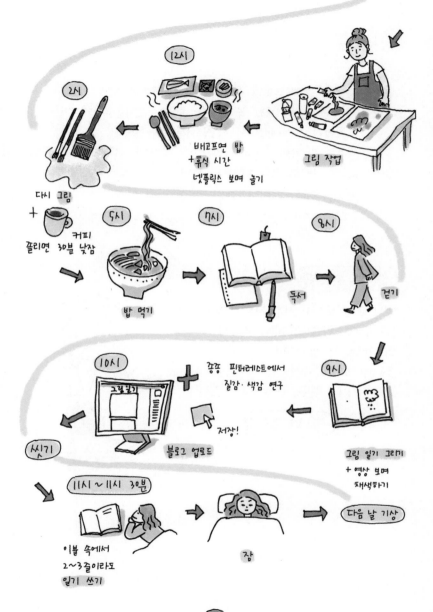

12시
2시
빼고프면 밥
＋휴식 시간
넷플릭스 보며 놀기
그림 작업
다시 그림
＋
풀리면 30분 낮잠
커피
5시
7시
8시
밥 먹기
독서
걷기
10시
종종 핀터레스트에서
질감·색감 연구
9시
씻기
저장!
블로그 업로드
그림 일기 그리기
＋ 영상 보며
채색하기
11시～11시 30분
이불 속에서
2~3줄이라도
일기 쓰기
잠
다음 날 기상

루틴을 최대한 정해 두고 그 순서에 따라 생활하려고 한다.
내가 이렇게 정해 둔 이유는 꼭 지켜야 한다는 생각을 해서도 아니고,
특별히 자기계발이나 성장을 위해서도 아니다.
'이제 뭐 하지…'라는 생각에서 벗어나기 위해서다.
일상이 없으면 이벤트도 없고 무료함이 없으면 자극도 없는 것 같다.
반복되는 패턴 안에서 가끔 새로운 것에 도전한다.
그랬을 때 낯선 경험은 정말 소중하게 느껴진다.

소비에도 루틴 적용

생활에 시달리다 지친 뇌로 예술을 생각할 수
없게 되면 고민을 최대한 차단한다.
최저가가 아니면 어때.
효율적인 소비가 아니면 어때.
고르는 시간과 고민하는 에너지를 아낀다.

음…

늘 같은 것을 삼

쇼핑에 재미를
못 느낌…

습관이
재산

'습관이 재산이다'라는 생각을 오래전부터 했다. 한두 달은 표가 나지 않지만 10년이 지나면 아주 큰 차이를 만들어 낸다.

찰스 두히그의 『습관의 힘』을 필두로 몇 년 사이 습관에 대한 책들이 엄청나게 많이 나왔다. 나도 그 책들을 뒤적거리며 방법을 찾고는 했다. 책에서 말하는 방법은 간소하게 세 가지이다. 첫째, 만들고 싶은 습관을 원래 가지고 있던 습관 뒤에 붙여라. 원래 가지고 있던 습관이 다음 일의 실행 스위치 역할을 해 준다는 것이다. 두 번째, 목표를 아주 작게 쪼개라. 처음부터 큰 목표보다는 작은 목표가 부담이 적어 실행력이 높아진다. 세 번째, 보상을 해라. 실행하고 보상을 주면 그 일이 즐거움으로 기억되어 지속할 수 있다. 약간 강아지 훈련과도 같은 이 방법들을 시도해 보았더니 무작정 의지력만 동원해서 습관을 만드는 것보다 쉬웠다. 규칙적인 생활을 하지 못하는 나도 습관 1~2개를 만들 수 있었다. 이때 처음 만든 습관이 일어나자마자 이불 개기였다. 누구나 잠자리에서 일어나기는 하기 때문에 원래 있던 습관인 일어나기 뒤에 이불 개기를 붙인 것이다. 그다음으로 만든 습관은 이 닦고 물 한 잔 마시기. 그다음으로 만든 습관은 물 마시고 모닝 페이지 쓰기와 다이어리 작성하기였다. 습관 하나를 만드는 게 어렵지. 일단 하나를 만들고 나면 조금씩 늘리는 것은 어렵지 않았다.

습관의 좋은 점은 '이제 뭐 하지?'라는 생각을 안 해도 된다는 것이다. 뭔가 해야 하는데 안 하고 있는 것 같은 불안감도 없앨 수 있다. 또 하기 싫은 일도 관성이 생기면 어쨌든 하게 되기 때문에 해야 할 일을 안 한다며 게으르다고 자책하는 스트레스도 줄어든다. 자책을 하는 것만큼 사람을 갉아먹는 것도 없다.

'나는 꾸준히 무언가를 하고 있어'라는 느낌은 안정감을 준다. 마치 매일 저금을 하듯이 말이다. 매일의 작은 습관들이 별거 아닌 것 같은 회의감이 들 때도 있지만, 습관은 비과세에 복리라고 하니까. 처음에는 별거 아닌 것 같아도 언젠가 눈덩이처럼 불어나 능력이라고 부를 수 있는 게 되기를 꿈꾸고 있다. 그러니 돈 모으기보다 좋은 습관으로 하루를 채우고 싶다.

모닝 페이지 쓰기

아침에 일어나면
제일 먼저 이를 닦으며
전날 설거지한 그릇을
찬장에 도로 넣는다.

이상하게 이 닦는 건
싱크대에서 하게 돼…

아침 공복에
물 마시기 ♥

그리고 물을 마시며 모닝 페이지를 쓰기 시작한다.
모닝 페이지는 아티스트 웨이라는 책을 쓴 줄리아 카메론이
추천하는 창조성을 되찾는 방법이다.
방법은 간단하다. 그냥 생각의 흐름을 따라 손을 멈추지 않고
술술 써 내려가는 것이다. 생각의 배출구라고나 할까?

하지만 막상 쓰려고 하면 누가 보는 것도 아닌데
괜히 의식되고 굉장히 쓰기가 싫다. +귀찮아
그래서 뭉그적거리다가 억지로라도 쓰기 시작한다.

기분이 다운되면
초록이를 책상으로 데려온다.

독서대를 최대한 낮게 기울여 놓기

향초

잉크

펜촉

보리차

연필 깎는
쓰레기통

연필

쓰기 싫으면 펜을 바꿈

기본
블랙윙 602연필
심이 부드럽고
진한데 단단해서
잘 부서지지 않는다.

파일롯트 에르고 그립
만년필

프레피
02 EF 촉

펜촉에 잉크

필기감이 바뀌면 글씨 쓰는 게
재미있어져서 계속 쓰게 된다.

(이렇게까지 할 일이야?)

내가 이런 생각을
가지고 있구나...

의지

집착

원망

사랑

욕

감사

계획

자기 혐오

그 많은 땅들 중
35평 20가구와 공유하는
내 집 마련도 힘들지만

많은 지식과 정보의 홍수 속에서
내 생각 가지기도 참 힘들다.

모닝 페이지는 많은 지식과 정보 중에서 내가 느끼고 받아들인 것을
선별해 주고 내 언어로 가공된 생각을 가지게 해 준다.

공부하고 수업 들은
내용을 내 언어로
설명할 수 있어야
진짜 자기 것~

글쓰기는 정말 좋은 취미 생활이다.

아침 글쓰기 해 보세요.
꼭 3페이지 이상 써야 합니다.
2페이지까지는 아무것도 안 나오다가
3페이지쯤 진짜 생각이 나기 시작하거든요.

어린아이는 모두
자신이 누구인지
알고 있다

　30대 초반에서 중반 무렵, 나는 무언가에 쫓기듯 무언가를 쫓고 있는 듯 정체를 알 수 없는 불안감에 시달렸다. 직장 생활은 견딜 수 없었고 혼자 있는 시간은 무엇으로 채워야 할지 몰랐다. 그때 모닝 페이지를 쓰기 시작했다. 쓰고, 쓰고, 또 쓰다 보니 비슷한 내용의 글들이 반복되었다. 내 생각을 몰라 혼자 질문하고, 그 질문에 답하고, 답을 부정하고, 부정을 또 부정했다. 당시에 쓴 글을 읽어 보면 나는 불안의 이유를 찾기 위해 봉지 봉지 싸매진 쓰레기 더미와 같은 마음속을 펜과 공책으로 하염없이 뒤적거리고 있었다. 나는 반복되는 글쓰기 과정을 통해 무언가로부터 도망치고 있다는 사실을 알게 되었다.

　그것은 무엇일까. 그것은 나의 영혼, 나의 아티스트였다. 어릴 때부터 지박령처럼 붙어서 떨어지지 않던 열병 같은 것. 어릴 때는 그것과 친했다. 아니, 친하다기보다 우리는 하나였다. 하지만 그것을 떨어트려 인식하게 되는 순간이 왔다. 진로라는 것을 적어서 내야 하는 시기였다. "아름다운 것들을 놓아 주기 아쉬워 표현하고, 간직하

고, 사람들과 나누고 싶다"라고 쓰기에는 칸이 너무 작아서 '화가'라
고 적었다. 그 순간부터 나를 향한 칭찬은 불신으로 바뀌었다. "네가
재능이 있다는 것을 어떻게 아니? 증명해 봐." "예술은 천재들만 하
는 거야. 그런데 내가 볼 때 너는 천재가 아니야." "굶어 죽고 싶어서
그래?" "그림은 취미로 하고 공부를 해라." 나는 언성 높여 반대하는
목소리, 회의적인 시선, 자존심에 상처를 내는 말과 싸우는 전사가
되었다. 그들은 그리고 싶은 나의 욕구를 뜬구름이라고 말했다. 그럼
에도 나는 뜬구름을 잡고 싶었다.

　하지만 신기하지. 그 의심의 말들이 내게는 아무런 영향이 못 된
다며 무시하려 했지만 그들이 심은 의심의 씨앗은 내 안에서 착실하
게 자리를 잡고 커다란 뿌리를 내렸다. 미대를 나와 돈을 벌기 시작
했을 때 나는 스스로에게 말하기 시작했다. 어딘가에서 들었던 그
말들을…. "내가 재능이 있는 걸까?" 그림을 그릴 때면 어디선가 목
소리가 들려왔다. "나 정도 하는 사람은 널렸어. 그림은 나이 들어 취
미로 하고 회사를 다녀야 할까?" "예술가는 돈을 벌 수 없어. 그런데
그림을 그려서 이렇게 많은 돈을 받다니…. 내가 하는 건 예술이 아
니야. 왜냐하면 예술로는 돈을 벌 수 없는걸?" 의심은 영혼과 멀어지
게 만들었다. 방황하기 시작했다. 사회의 통념으로 껍데기를 두른 텅
빈 나의 마음은 영혼이 부르는 외침을 뒤로하고 끊임없이 도망쳤다.
하지만 텅 빈 속이 시려 너무 멀어지지도 못하고 예술의 언저리를 맴
돌았다.

쫓고, 쫓기고, 멀어지고, 갈망하는 그 지리멸렬한 생각의 과정들을 모닝 페이지에 모두 쏟아냈다. 그러자 의심은 나에게서 시작된 게 아니라 주위 사람들의 말과 사회의 통념에서 시작된 거라는 사실을 깨달았다. 매일 아침 나는 하나의 펜이 되어 흰 노트의 검은 선을 따라 달렸다. 그러자 내 영혼과 마음은 꼬리에 꼬리를 무는 길고 긴 계주에서 발을 맞춰 달리는 이인삼각으로 서서히 변화했다. 그러고는 다시 하나가 되어 화해의 포옹까지 나누었다. 텅 빈 마음에 영혼이 들어와 비로소 꽉 찬 하나가 된 것이다. 둘이 하나가 되자 불안이 잦아들며 비로소 고요하고 평온한 상태가 되었다.

만약 지금 불안하다면 자신의 영혼과 마음이 분리되어 있지 않은지 살펴보자. 그리고 영혼의 외침을 듣자. 현실이라는 방어벽을 치고 끊임없이 무시하고 있는 목소리는 없는가? 그 목소리로부터 아무리 도망쳐도 충분히 멀어질 수 없다면, 영혼의 목소리를 따라 살고 있는 다른 이의 삶을 보며 선망하는 마음이 생긴다면, 그래서 자신이 초라하게 느껴진다면 이제 그만 자신과 화해하고 하나가 되자. 그게 제일 안전한 삶이다.

오감 깨우기

나는 오감이 매우 예민한 편이다. 아마도 평균보다…?
그러다 보니 일상생활에서 쉽게 지치고 피곤하다.

…….

카페를 좋아하지만
자리에 앉으면
주변 테이블의 대화 내용이
다 파악됨

필수템
이어플러그

지하철 설문조사

지하철 안내 방송 소리 적당한가

작아요	적당해요	커요

어째서
나만??

안내 방송이 커서
이어플러그 필수

대부분의
헤드셋
최소 볼륨도
충분히 작지
않음

여행을 가면 낯선 시각적 요소가 너무 많아
쉽게 지쳐 버린다.

여기까지 왔는데
더 구경해야지!

힘드렁…

???

감각이 예민한 날에는
핸드폰을 무음으로 하고 뒤집어 두고 자도
시트와 핸드폰 사이에서 샌
불빛에 깬다.

좀 강한 향수 냄새를 맡으면
메슥거리고 혈압이 떨어져 버린다.

어릴 땐 기절

상한 음식을 기가 막히게 찾아냄

좀 상한 거 같은데?

갈랑말랑

??

??

괜찮은데?

기압골과 계절의 영향을 많이 받는다.

머리 아픈 거 보니 비올 거 같은데…

일조량이 많은 여름에는 평균 수면 시간이 3~4시간이다.

오감이랑 관계 있나? ㅋ

이렇게 불편한 점이 많지만 그럼에도 불구하고
오감을 예민하게 훈련하는 게 필요하다고 생각한다.

오감이 무뎌지면 일상이
무미건조하게 느껴져
더 큰 자극을 찾게 되지만

오감이 예민하게 훈련되면
일상의 사소한 것들도 예술적 감동으로 다가온다.
일상이 즐거워진다.

집 앞에만 나가도
재미있는걸?
굉장히 가성비
좋은 신체구나…

심심한
사람

　내가 즐기는 식감은 조금 특이한데, 알갱이가 씹히는 식감을 좋아한다. 예를 들면 키위는 맛도 좋지만 씨의 식감이 좋다. 자바칩이 오독오독 씹히는 자바칩 프라푸치노도 좋아한다. 아이스 아메리카노에는 가루 설탕을 타서 마신다. 빨대를 타고 올라오는 녹지 않은 설탕의 아작거림이 좋다. 비 오는 날의 흙 냄새, 시골의 나무 타는 냄새, 갓 지은 밥 냄새, 짓이겨진 쌉쌀한 풀 냄새를 좋아하며, 가을 풀벌레가 우는 소리와 대나무가 바람에 흔들리는 소리를 좋아한다.

　우리는 모두 좋아하는 감각을 가지고 있다. 오감이 즐기는 정도가 자신의 취향을 결정한다. 그렇다면 무엇을 좋아해서 그것이 주는 감각도 좋아하게 되는 걸까? 비를 좋아해서 비 냄새가 좋고, 연필이 좋아서 연필 냄새가 좋은 걸까? 생각해 보면 반대인 것 같다. 주변의 소리를 차분하게 섞어 주는 빗소리, 비에 젖은 흙 냄새, 빗방울의 반짝임이 좋아서 비 오는 날을 좋아하고 글씨를 쓸 때 흑연이 종이를 긁는 사각거림, 연필을 깎을 때 풍기는 흑연과 나무의 냄새가 좋아서 연필이 좋아진 것이다.

매체가 소개하는 여러 트렌드에 현혹되어 내가 진짜 즐기는 '정도'를 잠시 잃어버린 적이 있다. 오감이 예민한 탓에 나는 짧은 외출에도 쉽게 지쳤다. 하지만 오랫동안 그것을 인지하지 못했다. 그저 '나는 왜 이렇게 빨리 지치지?' '사람들은 어떻게 저렇게 에너지가 넘칠까?'라고 생각할 뿐이었다. 그래서 나는 발 빠른 시대가 소비하기를 권하는 취향을 일단 전부 꺼 버렸다. 주위 사람들이 좋다고 추천하는 것들도 밀어내고 나의 신체 감각에 집중해서 즐기는 정도를 찾아보았다. 촉각이 기분 좋다고 느끼는 소재의 옷을 고르고, 눈에 편한 색을 주위에 두고, 청각이 즐기는 템포의 음악과 볼륨을 찾았다. 즐기는 향을 찾고, 미각이 즐기는 간과 식감을 찾아보았다.

　내가 좋아하는 감각은 생각보다 심심했다. 자극에 약한 나에게 피로를 주는 것들을 덜어내자 집 안에서 반짝이는 것과 글씨들이 사라졌다. 핸드폰 알람과 벨소리도 아주 작게 설정되었다. 시간을 보내기 위해 자주 가는 곳은 도심이 아닌 공원이 되었다. 나는 참 심심한 사람이구나. 하지만 이게 나인걸. 드디어 에너지가 쌓이는 느낌이 들어 편하다.

더 자세히 더 오래 애정을 가지고 보기

시각이 예민한 편이다. 그래서 그림을 그리게 된 건지도 …
그림을 그리다 보니 시각이 예민해진 건지 모르겠지만
아마도 둘 다인 것 같다.

어린 시절

몇 시간이고 눈을 봄

눈 결정 봐요!

눈 결정 하나하나가
서로 뭉쳤다가
녹아서 흐르는 모양을
보는 어린이

소형이 뭐 해?

엄마 줘야지

네잎 클로버
4시간 넘게
찾기

멍—

뭐 해?

구름
봐요…

시간이 남아돌던
어린 시절에는
주변의 신기한 것들을
하염없이 보곤 했다.

멍—

귀엽다…

과자 가루를
옮기는 개미들

성인이 되고 일상이 의무로 가득해지니
주변 사물과 현상을 오래 관찰하는 일이 줄어들었다.
하지만 내겐 그림이 있으니까…
역시 시각을 훈련하는 데 가장 좋은 것은 그림이다.

꽃이 예쁘네.
가지고 싶다.

멍—
물아일체의
느낌

사물을 보는 게 90%
그리는 건 10%

꽃의 모양, 색, 잎의 두께, 광택,
질감, 꽃잎의 비침, 꽃가루, 암술, 수술,
빛의 반사, 줄기의 털, 화분의 색, 흙…

영국의 미술 평론가 러스킨은 누구나 그림을 연습해야 한다고 생각했다.
나 역시 동의한다. 그림은 사물을 보는 법을 알게 해 준다.

느리게

사물의 표면을 시선으로 천천히 따라가며 종이에 옮기다 보면
사물에 애정을 가지게 된다. 오래 보고 자세하게 보면
그것에 의미를 부여하고 결국 나를 투영하게 된다.
내 안에 꽉 차 있던 자아가 그림 안의 사물과 사람들에게
옮겨 가면 그것들을 마치 나처럼 사랑하게 된다.

소리에 귀 기울여 보기

오감 중에서 내가 가장 즐기는 감각은 시각이다.
그래서인지 시각을 가지고 노는 법이 아주 발달했다.

바도 바도
질리지 않는군…

풍경에서

- 어울리는 색 조합 찾기
- 빈 공간만 주목해서 보기
- 흑백으로 상상해 보기
- 실루엣만 보기
- 특정 질감만 집중해서 보기
- 빨간색만 집중해서 보기
- 색은 다르지만 명도가 같은 부분 찾기

하지만 청각은 그다지 신경 쓰지 않았다.
대부분의 소리가 내게는 자극적인 데다가 뭉쳐진 잡음처럼 들렸기 때문이다.

이렇게 주변의 소리에 귀를 기울이다 보면
좋아하는 소리들이 많아진다.

내가 좋아하는 소리

촤아아…
차르르르…

설명불가
하지만 모두가
아는 그 소리

탄산수 따르는 소리

딸칵!

밥이 다 되어
스위치가 올라가는 소리

턱을 괴고 있으면
들리는

저소음 시계
초침 소리

찹! 찹! 찹! 찹!

팔락!

책장을 넘기는
소리

달그랑—
달그랑—

얼음 소리

사각사각

연필로 필기하는 소리

딸깍!
쥬스업 볼펜
심 넣고 빼는 소리

도롱도롱

풀벌레 소리

찌릉찌릉

216

삐욱!
삐욱!

바람 부는 아침의
풍경 소리 + 새 소리

달그랑-
덜그렁-

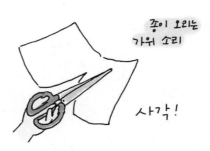

종이 오리는
가위 소리

사각!

색을 정확하게 설명하기 힘든 것처럼

??

빨강인데
완전 빨강은 아니고
연지색이 섞였는데
강하지 않아.
약간 물 탄 느낌?

??

그러니까…
물감으로 치면
퍼머넌트 레드에
오페라색을 섞었는데…
종이가 비치게 물이 섞인…

횡설 수설

소리 역시 평범한 의성어로는 설명할 수가 없다.
그러니 직접 느끼고 들어 보며 자신이 좋아하는 음향을 찾아보자.
일상에 매몰되어 스트레스 받을 때
좋아하는 소리만으로 기분을 전환시킬 수 있다.

좋아하는 냄새를 찾아서

후각이 예민한 나.

어디서 스크류바 향이 나네…

? ? ? ?

징-

스크류바

헐!

개 같은 후각

그래서인지 어릴 때부터 꽃향기나 과일 향에 특별히 끌리지 않았다. (자극이 너무 강해)

현기증이 나는 향이야

머리 아파…

치즈 케이크

음…약간 멀미 나

마카롱

딸기

오렌지

사과

체리

립글로스

향이 좋은 건지 식욕이 도는 건지 모르겠네… 달콤한 과일 향부터 디저트 향까지… 객관적으로 좋은 건 알겠는데…

대신 이상한 ~~향기를~~ 냄새를 좋아한다.

연필 깎을 때 나는
흑연과 나무 냄새

빨아서 말린
면 수건 냄새

비 오는 날의 냄새
비에 젖은 흙과 풀 냄새
젖은 보도블록 냄새

책 냄새
오래된 책방의
냄새

보리차 티백 냄새
쌉쌀하고 구수한
탄내

비 오는 날
따듯한 보리차를 마시며
칼로 깎은 연필로
필사하며
책 읽는 기쁨…

과정과 끝에 집중하기

20대에는 도전과 시작에 대한 조언을 많이 듣는다.

도전하라, 지금 당장! 일단 시작해라!

기회

다양한 사람을 만나 보세요!

기회를 잡으세요!

다양한 경험을 해 보세요!

새로운 것을 배우세요!

시작이 반이다.

GOAL

START

시작을 응원하는
사람들은 많지만
과정과 끝을 이야기하는
사람들은 적은 것 같다.

그러다 보니 젊을 때는 하다가 그만두기를 반복했던 것 같다.

뭔가 계속 시작해야
할 것 같은데?

그러다 접한 글귀…

무엇이든 알기는 어렵지 않으나
실천하기는 어렵고, 실천하기는
어렵지 않으나 끝내기는 어렵다.

시작은 충동적
ㅋㅋ

이 글귀를 접하고 난 뒤에는
시작보다는 끝을 잘 마무리하는 데
의미를 두게 되었다.

끝날 때
생각해 보는 것

① 시작한 이유
② 과정과 결과에서 느낀 점과 깨달은 점
③ 포기한 이유(하다가 그만뒀다면)
④ 다음에 보충하고 싶은 것 / 끝내는 느낌

기억을
결정하기

『끝이 좋으면 다 좋아』라는 셰익스피어의 희곡이 있다. 정말로 과정과 상관없이 끝이 좋으면 다 좋은 건 아니지만 한편으로는 공감이 가는 말이다. 끝에 대한 기억이 좋으면 다음에 비슷한 일을 마주할 때 친근감을 주기 때문이다. 반면 안 좋은 기억으로 남은 일은 트라우마가 되어 비슷한 일이 닥치면 시도조차 꺼리게 된다. 다른 결과가 될지도 모르는데 말이다. 그래서인지 자전거를 타다가 넘어지면 최대한 빨리 일어나서 다시 타라고 한다. 넘어진 기억으로 끝내면 자전거 타기가 두려움으로 변해 다시 타기 어려워지기 때문이다.

학교에 다닐 때는 입학을 기념하고 졸업을 축하했으며, 학년이 바뀔 때는 종업식이라고 크게 쓰인 칠판을 색색의 분필로 꾸미고 선생님과 인사를 나누는 마무리 짓기가 있었다. 교과서를 다 배우면 파티를 하기도 했고, 전학 가는 친구에게 노래를 불러 주기도 했다. 과정이 어떠했든 좋은 기억으로 마무리하려는 형식이 있었다. 하지만 졸업 후의 삶에서는 시작과 끝을 특별히 기념하지 않는다. 특히 안 좋게 끝난 경험은 이야기하기조차 꺼리는 경향이 있다. 그렇게 끝 같지 않은 마무리는 끝난 실감이 나지 않아 다음 출발을 망설이게 만든다.

그래서인지 언제부턴가 시작보다 끝을 중요하게 생각하게 되었다. 시작은 직관적으로 충동적으로 시작하지만 끝은 꽤 정성스럽게 마무리하려고 한다. 그리고 무엇이든 끝나면 그것이 나에게 어떤 의미로 기억되기를 바라는지 노트에 기록한다. 물건과 인연을 끝내며 쓰는 '버리기 노트'에는 물건을 산 이유, 버리는 이유, 쓰는 과정에서 좋았던 점 등을 기록한다. 이런 간단한 노트도 다음 물건을 살 때 도움이 된다. 일을 마칠 때는 마인드맵으로 일하며 얻은 것, 배운 것, 만난 인연, 기억에 남는 사건들을 기록한다. 분명 좋은 일만 있었던 것은 아니지만 최대한 좋은 면을 드러내려고 한다.

끝을 기록해 보는 것은 그동안 만난 사람들에게 감사하게 하며 성과를 확인시켜 준다. 주변에선 이것을 정신 승리라고 말하기도 하지만 나는 이것을 '의미 만들기'라고 부른다. 이렇게 끝을 되짚어 본 경험은 독기가 제거된 순한 기억이 된다. 과거의 경험에 발목 잡히지 않고 현재를 있는 그대로 보게 해 준다. 경험도 결과도 내가 결정할 수는 없지만 그것을 받아들이는 방식은 내 마음대로 할 수 있으니 다행이지 않은가.

삶에 의미를 부여하는 방법

문자로 사진이 왔길래 보니
주인집 아주머니의 부고 소식이었다.
경황이 없어서
분향소 전광판을 사진으로 찍어
전화번호가 등록된 지인들에게
단체 문자를 보내신 듯했다.

갈 거야?

보통 세 들어 사는
사람한테까지
안 보내는데…
잘못 보내신 것
같은데?

사실 2년 넘게
세 들어 살며
5~6번 뵌 게
전부였다.

음…

내 삶에서 의미 있는 사람인가 아닌가···

좋은 집에
살게 해 주셔서 감사해요.

저 위층
살아요.

와 주셔서
감사합니다.
실례지만 고인과의
관계가···

삶에서 일어나는 사건들이
나에게 의미 있는
사건인가 아닌가.

삶에서 일어나는 일은 아무 의미가 없다.
사람도 마찬가지. 특별한 인연은 없다.
삶에서 일어나는 사건에,
만나는 사람들에게 의미를 부여하는
것은 자기 자신이다.

어떤 의미를 부여하느냐에 따라 인생은 달라진다.

재수를 기회라고 생각해서 더 열심히 공부할 수 있었다.
성적도 많이 올라 더 좋은 학교에 지원할 수 있었다.

지금 어떤 문제를
겪고 있다면
그것에 나쁜 의미를
부여해 트라우마로
남기기보다는

좋은 의미를 부여해
성장할 수 있는
계기로 만들기를...

모든 건 선택이에요.
사람도 마찬가지.
소중한 사람이라고
생각하는 건 자기 결정이죠.

건강한 INFP로 살아가기 ①

그림 일기를 정주행했다.

규칙적으로 생활하는 사람이네…
성실하고 끈기 있는 것 같아…
계획적인 사람같네…

그런데 이거…

나잖아!!

이런 사기꾼!

그림 일기 속 나는 계획적으로 생활하며
규칙적이고 성실한 사람 같지만 사실은 정반대이다.
끈기 없고 계획성도 없는 데다가 감정적이고 충동적인 인간이다.

부족한 점을 채우려고
노력하는 건데,
노력을 기록하다 보니
잘하는 것처럼
보이는 효과예요.

나는 15년 동안 한 번도 바뀐 적이 없는 전형적인 INFP 이다.

나는 15년 동안 한 번도 바뀐 적이 없는 전형적인 INFP 이다.

이런 특징 때문에 사회생활이 힘든 유형인데, 그래서 저는 조직 생활을 일찌감치 때려 치웠어요!!

계급도, 이해 관계도, 부조리한 것도,
규칙적으로 출근하는 것도 너무 힘들어…

주변에서 볼 때 INFP는

이야기를 잘 들어 줘!

착하고 귀여워!

따듯해!

책임감이 강해!

이런 인상인 듯하지만
정작 INFP가 생각하는 자기 자신은

내 성격 싫어ㅠ

이상만 높음

흐엉! 나
나랑 살기
너무 힘들어ㅠㅠ

기뻘력…

~~외강내유~~ ~~외유대강~~ ~~외강내강~~ 외유내유

이게 뭐야!!
뭐라도 강해야
하는 거 아냐?

이상 추구

감정 기복이 심하고 이상과 현실의 괴리에 괴로워하지만
현실을 바꿀 실행력과 끈기가 떨어지니
그런 자기 자신이 싫어지고 자존감도 떨어진다.

끈기,
계획 부족

내향적

우울증이랑 공황 장애를
겪었어요.

지속적으로 원치 않는 환경에
적응하려고 하면 스트레스로
우울증이나 공황 장애에 빠지기 쉽다.

건강하지 못한 INFP

건강한 INFP가
되려면 노력이
필요하답니다!

건강한 INFP로 살아가기 ②

끈기 부족하고 **실행력** 부족하고 **계획성** 없는
내 성격에 대해 이야기했는데,
몇몇 분들은 이런 의문을 가지실 수도 있겠다.

그림 일기를
100일 동안 매일
연재하는데
끈기가 부족하고
실행력이
없다고요?

애독자의
후광···
아쿠 눈부셔!

우울과 불안에 빠져 있었던 나는
건강한 INFP가 되기 위해 노력했다.

장점을 살린다

환경을 바꾸세요

부정적
걱정
고민
시간의 압박
비판적
사내 정치
서열
업무 부담

이런 환경에서는
나의 장점을
살릴 수 없어···

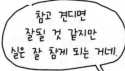

참고 견디면
잘될 것 같지만
실은 잘 참게 되는 거네.

고민하고 걱정하면
열심히 일하는 것 같은데.
그냥 고민하고 걱정하는
거네.

작은 곳이라도
칭찬 받고 인정 받는
환경에서 일한다

or 프리랜서

장점을 살려 일을 찾아보자!

INFP 에게 잘 맞는 일

신념이 강하고 창의력이 있는 INFP는

가치관과
잘 맞는 일
＋
정해진 업무가 아닌
유동적이고 창의적인 일

이런 일을 하는 게 좋다.

다 먹고 살기 위해
억지로 버티며
사는 거지…

라는 말 듣지 마세요.
그럴 수 없어서
힘든 성격입니다.

좋아하는 일 못 하면
썩어 버려…

235

그림 재미있어!
사람들에게
그림의 즐거움을
알리고 싶어!!
➡ 미술 강사
　　미술 교육

정리 재미있어!
사람들에게 정리만으로
삶의 질이 달라지는
경험을 전달하고 싶어!!
➡ 정리 수납 전문가

창의력을 발휘하면서
창작하고 살고 싶어!!
➡ 개인 작업
　　프리랜서 일러스트레이터

정리법을 고민하는
창의적 요소

INFP가 일하는 법

끈기와 실행력이 부족한 INFP에게는
단 하나 축복 받은 능력이 있다. 그건 바로 책임감이다.
책임감 있는 INFP가 좋아하는 일을 하면 잘하게 된다.

나에게 이런 능력이!

책임감

공약
꾸준히 하고 싶은
일이 있으면
공약을 걸어 본다.

직접 주최
하고 싶은 일이 있으면
참여하기 보다는
직접 모임을 만든다.

독서를 꼭꼭히
해야 하는데
게을러...

독서 모임을
만든다.

그림 일기를
꼭꼭히 그리면
좋겠다!

100일 미션 위젯

오늘부터
매일 해 보겠다고
공약을 걸고
책임감을 가진다.

일에 대한 책임감이 아닌 사명감
함께하는 사람에 대한, 자신이 믿는 신념에 대한
책임감을 가지는 것이다.

건강한 INFP가
되기 위한 노력은
계속된다!

건강한 INFP로 살아가기 ③

단점을 극복하라

단점을 극복하라고 했지만 극복해야 하는 건
단점에 대한 자신의 태도이다.

나는 왜 이렇게
끈기도 없고
게으른 거야…

이렇게 마치
당연히 있어야 하는데
없는 것처럼 생각할
필요가 없다.

감정 기복이
심해… 내가
나를
지치게 해…

남들은 다들
잘하는데…
나는 왜…?

끈기·계획성·부지런함·실행력 모두 미덕이고
능력이자 장점이지, 누구나 가지고 있어야 하는 건 아니다.

다만 사회가 필요로
하니 그렇게 느낄 뿐

끈기 없음 → 호기심 ⬆
부지런하지 않음 → 느긋하고 여유로움
무계획 → 감각적
감정 기복 심함 → 공감 능력 좋음
실행력 없음 → 상상력 풍부

대신 흥미로운 능력이 있잖아!

현실감은 떨어져도 내면은 풍요롭고 다채로우니까.

조직 사회를 살아가는 데
도움은 안 돼도 머릿속은 즐거워!

왜 못해?
내가 한심해ㅠㅠ

애초에 내 것이 아닌 능력인데
없다고 투덜거리던 과거

원래 없는 거야.
배우고 채우면 되지!

부족한 부분도 개성의 일부라고
긍정하는 현재

없는 능력을 배워 나가는 사람에게 가장 필요한 건 응원과 지지이다.
마치 걸음마를 배우는 아기를 대하듯 나는 스스로를 응원했다.

{ 당근 당근 당근 요법 }

두 발짝 걷고   잘한다! 잘한다!   넘어지고   괜찮아! 잘했어!

뒤뚱 뒤뚱   코당!   다시 해 보자!

이틀 하다가 3일째에 결심한 걸 하지 않아도
스스로에게 실망하지 말고 응원해 주기.

아이에게 채찍 금물!

기록하라

이런 걸음마 단계에서 제일 중요한 건 기록이다.

다이어리

객관적인 수치가 기록되어야
개선할 수 있다.
꼼질꼼질 무언가를 만들고,
쓰는 것을 좋아하는 INFP들은
기록하는 습관을 만들기가
(그나마) 어렵지 않다.

기록에서 중요한 건 자신을 마주하는 용기였다.

음… 오늘은 아무것도 안 했군.

체크!
체크!

X 그림
X 영어
X 독서
X 운동
O 기록

자신의 성과가 마음에 들지 않아도
꼭 기록했다. 할 일의 1순위 = 기록

기록이 정말 중요한 게 아무리 하기 싫은 것도
100번 기록하면 무기력한 뇌도 포기하게 되는 순간이 온다.

언젠가 하겠지…
라는 느낌으로 계속 기록!

뇌는 익숙한 걸 좋아하기 때문에
100번 적어 익숙하게 만드는 것

8/11	9/10
X 운동하기	X 운동하기
8/12	9/11
X 운동하기	X 운동하기
8/13	9/12
X 운동하기	X 운동하기

와… 이거
포기 안 할 건가
보네. 그냥 해 주자.

뇌가 포기함

기록은 계획력·끈기·실행력을 모두 길러 준다.
이렇게 습관을 하나하나 늘려 갔다.
습관이 되니 실행할 때 의지력이 필요하지 않게 되었다.

내가 제일 처음 만든 습관은

1. 스케줄 다이어리 쓰기

2 모닝 페이지
다이어리 쓰자마자

3. 침대 정리하기

4. 아침에 물 한 잔

이는 우울감에서 점점 벗어나
사람다워지는 과정이었다.

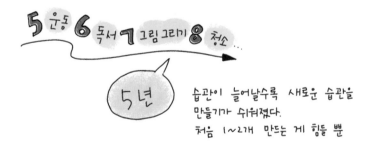

5 운동 6 독서 7 그림 그리기 8 청소 ...

5년

습관이 늘어날수록 새로운 습관을
만들기가 쉬워졌다.
처음 1~2개 만드는 게 힘들 뿐

모든 건 아주 천천히 내가 기대하는 것보다 느리게 변했다.

포기하지 마!

건강하지 못한, 우울하고 불안에 빠진
INFP에게 하고 싶은 말이 있다.

세상의 주인공이
되려고 하지 마세요.
당신은 자기 삶의
주인공으로 살 때
행복한 사람입니다.

자기 사용을
잘하는
사람

　나는 감정 기복이 크고 충동적이며, 작은 스트레스에도 민감해서 규칙적인 생활을 하지 못한다. 그런 나를 잘 알기 때문에 부족한 계획성이나 절제를 기르고 싶다. 매일의 소소한 습관 속에서 규칙적인 수면 패턴을 가지고 평온한 기분으로 생활하고 싶다. 들쭉날쭉하는 생활과 감정 상태가 나를 몹시 지치게 하기 때문이다. 하지만 그런 나도 싫지는 않아서 완전히 바꾸고 싶다는 생각은 하지 않는다. 그저 조금만 더 단단해지고 싶을 뿐이다. 최근 들었던 말 중 그런 노력을 알아주는 것 같아 기뻤던 말이 있다. "소형 님은 자기 사용을 잘하는 사람이네요." 기분 좋은 말이다. 내가 가장 바라는 게 스트레스와 압박에 취약한 개복치 같은 나를 강압적이지 않게 돌보고 살살 달래서 어떻게든 사이좋게 살아가는 것이기 때문이다. 평생 나로 살아야 하는데, 나와 싸우려고 하면 힘드니까.

　내가 제일 자주 쓰는 카카오 프렌즈 이모티콘은 '튜브'다. 주체할 수 없이 감정적이지만 그런 자신을 잘 돌보는 하얀 오리 캐릭터다. 튜브는 명상하고, 악기를 연주하고, 노래하고, 차를 마시며 요동치는 감정을 다스린다. 튜브는 유독 집안일하는 모습이 많은데, 빨래하고 청소하는 모습에서 일상을 꾸려나가는 성실함이 보인다. 하얀 오리가 땀을 흘리면서 웃는 표정으로 빨래를 한다. 튜브를 보면 나를 참 많이 닮았다는 생각이 든다.

성실하고 꾸준한 사람이 되고 싶다. 사소한 일을 꾸준히 하는 모습은 보는 사람에게 힘을 준다. 그렇게 나에게 힘을 주는 사람이 있는데, 바로 집 앞 자동차 용품점 아저씨다. 매일 아침 7시 30분이 되면 가게 앞을 쓰는 싸리비 소리가 들린다. 싸리비 소리가 들리면 나는 창문을 열고 꼼꼼하게 바닥을 쓰는 아저씨의 규칙적인 동작을 가만히 보곤 한다. 어떤 성실함은 나만 아는 성실함이 있다. 그런 성실함이 삶에 대한 진짜 예의처럼 느껴진다. 그래서인지 언제부턴가 천재를 동경하지 않게 되었다. 오히려 무심하게 반복적인 동작을 되풀이하는 사물이나 생명체를 통해 그 안에 깃든 아름다움을 발견하고 닮고 싶은 모습을 본다.

롤모델은 필요 없잖아

나도 저렇게 날씬하고 싶다

나도 저렇게 입을까?

저런 방식으로 살아야지.

부럽다

멋져!

키 크다!

능력자!

카리스마!

소신 있어!

꺅!!

존경하는 사람이나
동경하는 사람은 많지만
특별히 롤모델로 삼거나,
따라 하거나, 나와 비교하지 않는다.
그저 그 사람들의 생활 방식과 삶의 모양과
이미지를 흥미롭게 감상하고 감탄한다.

= 덕후♥

하지만 역시 가장 흥미로운 재료는 나 자신이다.
내가 가지고 있는 것이기 때문이다.

자기계발

저런 곳에
재미난 게 있네?

자기 자신을 **탐험**해
숨겨진 면을 **발견**하고
탐색하는 것.

자신을 **황무지**라고 생각해
무언가를 **쌓고**
깎아 내며 **만들어** 가는 것.

저는 약간 이쪽이에요.

진짜 **나를 찾을 때** 사람은 빛이 나는 것 같아요.
그렇게 될 때 세상도 나를 인정해 준다고 생각해요.

"다른 사람의 **아류**가 되려 하지 마라.
항상 **자신의 최고 모습**으로 살라."

- 주디 갈랜드 -

248

세상을 등지고
홀로서기

　우리 집 마당에는 커다란 목련이 있었다. 초등학교 저학년 무렵으로 기억하는데, 선생님께서 자연 시간 준비물로 목련 봉우리를 가져오라고 하셔서 아빠에게 부탁했다. 아빠는 사다리를 대고 나무에 올라가 목련 봉우리를 꺾어 주셨다. 그 봉우리는 다른 것보다 유독 커서 내 손에 가득 차는 크기였다. 매끈한 가지 끝에 붙어 있는 봉우리는 러시안 블루처럼 연한 회색에 뾰족한 크리스마스 전구 모양으로, 털로 덮인 표면은 복슬복슬해서 마치 작은 새 같은 느낌이 들었다. 목련의 아기를 데려가는 것 같아서 미안해졌다. 나는 조심스럽게 봉우리를 들고 학교에 갔다. 이윽고 맞이한 자연 시간, 선생님께서는 칼을 주시며 가져온 봉우리를 반으로 가르라고 하셨다. 그 말에 충격을 받고 자리에 서서 울었던 기억이 난다. 작은 새처럼 부드러운 털이 있는 이 봉우리를 가르라니…. 반으로 갈라진 목련 봉우리 안에는 채 피우지 못한 여린 잎들이 겹겹이 들어 있었다. 그 하얗고 촉촉한 단면을 만지며 피우지 못한 꽃에 대한 죄책감을 느꼈다. 나는 이처럼 예민한 아이였다. 반면 언니는 자연 시간에 개구리 해부를

했다며 그 신기한 경험담을 들려주었다. 개구리 내부가 어떻게 생겼고, 빨간 심장이 얼마나 작고 귀여웠는지 들떠서 이야기했다. 나보다 두 살 많은 언니를 보며 나도 2년 후에는 언니처럼 용감해지는 걸까 기대했지만 10년이 지나도 내가 언니처럼 되는 일은 없었다. 타고난 기질이 달랐던 것이다. 언니는 적성에 잘 맞는 간호사가 되어 20년 근속을 목전에 두고 있다. 주변 사물에 쉽게 감정 이입하던 나는 그림을 그리는 예술가가 되었다.

경쟁을 힘들어하는 사람이 경쟁을 해야만 하는 직업을 가지면 힘들다. 활동적인 사람이 책상에 앉아만 있는 직업을 가진다면 불행해지기 쉽다. 지금 이 순간에도 적성에 맞지 않는 일을 여러 가지 이유로 인해 꾸역꾸역 해내는 사람이 많을 것이다. 바라건대 세상의 편에 서서 소중한 자신을 억압하지 말았으면 좋겠다. 세상을 등지고 홀로 선다는 것은 두려운 일이지만 서두르지 말고 숨을 깊이 고르자. 가장 먼저 내 편이 되어 줄 수 있는 사람은 나 자신뿐이다. 그러니 자신을 먼저 계발하고, 내 능력을 필요로 하는 곳에 가서 부족함을 채워 주자. 가장 나다운 일을 하며 세상에 필요한 조각이 된다면 마음이 평화로워지고 보람찬 생활을 하게 된다. 한 발 더 나아가 누군가에게 얻기를 원해서 주는 게 아니라 그냥 먼저 주려고 할 때, 그때는 내 편도 많이 늘어날 것이다.

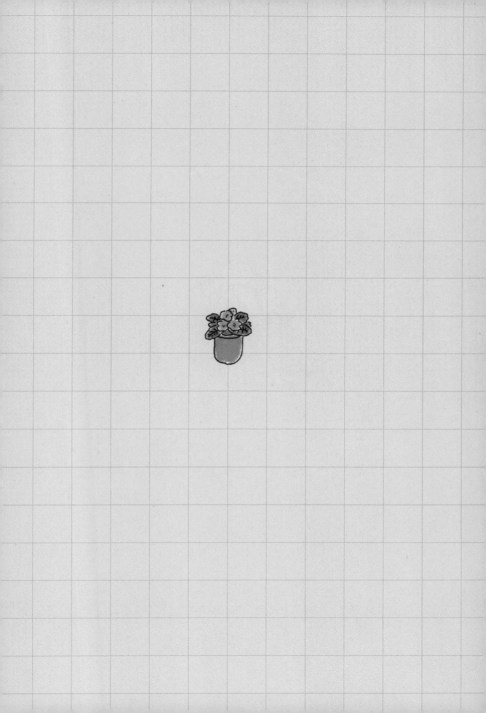

에필로그

책을 낸다는 건 '언젠가'라는 바람에 가까운 일이었습니다. 블로그에 연재한 걸 이렇게 책으로 엮게 될 줄은 전혀 예상하지 못했어요. 낙서처럼 끄적거린 그림이 책으로 나오니 조금은 부끄러운 마음이 듭니다.

저는 여전히 책에 그려진 일상과 크게 다르지 않은 평온한 나날을 보내고 있습니다. 프롤로그에서 이야기했듯 1000만 원을 다 쓰면 다시 일하자는 생각으로 직장을 그만두었는데, 2년이 지난 지금도 통장 속 1000만 원은 늘어났다 줄어들기를 반복하고 있어요. 그래서 지금의 생활을 계속 이어 나가 볼까, 하는 약간 안일한 생각을 하고 있죠. 당장 실력이 늘거나 수익이 되는 건 아니지만 그저 좋아서 꾸준히 한 야외 스케치 작업 덕분에 어반 스케치 수업도 하게 되었어요. 이 스케치 수업은 1년 동안 하나씩 늘어나 어느새 5개가 되었네요. 지금은 그것이 저의 주된 수입원이 되고 있답니다. 좋아하는 그림을 마음껏 그리며 사람들에게 창작하는 즐거움을 전하는 삶을 꿈꾸었는데 그 꿈의 방향과 일치하는 생활을 하고 있어 정말 감사한 마음이 듭니다. 꾸준히 해 온 드로잉과 일기 쓰는 습관이 축적되어 조금씩 형체를 가지기 시작하고, 미약하게나마 실력이라는 것으로 변함을 느낍니다. 그동안 나를 지켜 준 직장이라는 버팀목을 놓고 스스로 쌓아 온 것에 의지하다 보니 조금 느리고 서툴더라도 걸을 수 있게 된 것 같아요.

드디어 이 에필로그까지 다다른 독자님들과 나누고 싶은 생각에 대해 고민해 보았어요. 끝으로 제가 하고 싶은 말은, 부끄러움과 수치심은 학습된 것이라는 거예요. 남과 달라지는 것에 대한 두려움도, 남이 손가락질하지 않을까 하는 공포도, 성공이라는 대중적인 이미지도 전부 학습된 것이지요. 물론 그것은 세상을 살아가는 데 유용해요. 하지만 세상은 계속해서 변화하고 있고, 과거의 생각은 미래를 살아가는 데 충분한 도움을 주지 못해요. 가치관도 세상과 마찬가지로 계속해서 변화하고 있죠. 그 가치관을 만들 책임은 현재를 사는 사람들에게 있어요. 그러니 의심하지 않고 주입된 가치관으로 살면서 내 삶의 책임을 부모님이나 과거에 돌리지 마세요. 스스로를 책임지며, 자신만의 가치관을 가지는 것을 자랑스럽게 여기며, 사랑하는 것을 추구하며 사는 삶이 되기를 바랍니다.

1년 동안 편집자님과 한 달에 몇 번씩 오가는 메일을 읽고 쓰는 것도 저에게는 반가운 루틴이 되었는데 마무리하려니 아쉽기도 해요. 출판 경험도 없고 유명하지도 않은 저의 일기를 출판하겠다고 생각하신 뜨인돌 출판사와 편집자님의 용기와 도전 정신에 박수를 보냅니다. 불안을 먼저 생각했다면 이 책을 기획하지 못했을 거예요.

저마다 마음속에 보듬은 사랑스러운 꿈이 현실이 되기를 응원하며.

나에게 맞는 삶을 가꿉니다

초판 1쇄 펴냄 2022년 2월 28일
2쇄 펴냄 2022년 10월 31일

지은이 소형

펴낸이 고영은 박미숙
펴낸곳 뜨인돌출판(주) | 출판등록 1994.10.11.(제406-251002011000185호)
주소 10881 경기도 파주시 회동길 337-9
홈페이지 www.ddstone.com | 블로그 blog.naver.com/ddstone1994
페이스북 www.facebook.com/ddstone1994 | 인스타그램 @ddstone_books
대표전화 02-337-5252 | 팩스 031-947-5868

ⓒ 2022 소형

ISBN 978-89-5807-884-5 03810